Mon frère chasse
les dinosaures

TITRE ORIGINAL :
MIO FRATELLO RINCORRE I DINOSAURI

ISBN 978-2-88944-193-8

Giacomo Mazzariol

Mon frère chasse les dinosaures

Traduit de l'italien
par Maryvonne Bompol
et Emanuele Cremona

Slatkine & Cie

À Chiara et Alice, mes sœurs
À Gio, mon super-héros

Tout le monde est un génie. Mais si on juge un poisson à sa capacité à grimper à un arbre, il passera sa vie à croire qu'il est stupide.

Albert Einstein

To see a world in a grain of sand
and a heaven in a wild flower
hold infinity in the palm of your hand
and eternity in an hour.

William Blake,
Auguries of innocence.

Voir le monde en un grain de sable,
Un ciel en une fleur des champs,
Retenir l'infini dans la paume des mains
Et l'éternité dans une heure.

(*Augures d'innocence*,
traduit par Pierre Boutang.)

L’Annonciation

D’abord, je veux vous parler du parking, parce que c’est là que tout a commencé. Un parking vide comme peuvent l’être certains parkings les dimanches après-midi.

Je ne me souviens pas d’où nous rentrions, peut-être de chez ma grand-mère, mais je me rappelle très bien ce que je ressentais, la somnolence apaisée, l’estomac plein. Maman et papa assis devant. Alice, Chiara et moi, derrière. Le soleil jouait avec la pointe des arbres, je regardais par la vitre de la voiture. Du moins, j’essayais. Parce que notre voiture, une Passat bordeaux, gardait les traces des chaussures boueuses, des glaces, des jus de fruits, et de toutes ces valises, ces poussettes, ces millions de sacs de courses qu’on avait transportés, bref, elle était si sale qu’on ne pouvait pas vraiment regarder par les vitres. Le monde, à l’extérieur de la Passat bordeaux, on devait plutôt l’imaginer. Un peu comme ces rêves qu’on fait à l’aube, au moment de se réveiller. Elle me plaisait vraiment, cette Passat.

J’avais cinq ans. Chiara sept. Alice deux.

Donc, comme je disais, nous revenions de chez ma grand-mère ou de je ne sais où. Tout laissait présager que le dimanche allait se terminer comme les autres, douche, canapé, dessins animés, lorsque brusquement papa, en passant devant le parking vide d'une usine, a donné un coup de volant, comme dans les films quand on évite une explosion, et il est entré à l'intérieur. Nous avons sauté en passant sur un dos-d'âne. Maman a serré très fort la poignée de la portière et regardé papa par en dessous. J'attendais qu'elle dise quelque chose du genre : qu'est-ce qui te prend, Davide ? Mais elle a souri et elle a marmonné : « On aurait pu attendre d'être à la maison... »

Papa a fait comme si de rien n'était.

— Qu'est-ce qui se passe ?, a demandé Clara.

— Qu'est-ce qui se passe ?, j'ai demandé.

— ...?, a demandé Alice avec les yeux.

Maman a soufflé de manière étrange et n'a pas répondu. Papa non plus.

On a commencé à faire des ronds dans le parking comme pour trouver une place libre, alors qu'il y en avait, genre, deux mille cinq cents environ. Sur toute l'esplanade on ne voyait qu'une vieille fourgonnette, au fond, sous les arbres, avec deux chats sur le capot. Papa a continué à conduire jusqu'à ce qu'il se décide pour une place bien précise. Il avait dû lui trouver quelque chose de spécial, car il a pilé, a fait sa manœuvre et s'est garé exactement là. Il a coupé le moteur, ouvert la vitre. Un silence chargé de mystère et d'une odeur de musc a envahi l'habitacle. Un des chats sur la fourgonnette a ouvert un œil et bâillé, il restait vigilant.

— Pourquoi on s'est arrêtés ?, a demandé Chiara. – Et en regardant autour d'elle avec dégoût, elle a ajouté : ... ici ?

— La voiture est cassée ?, j'ai demandé.

— ... ?, a demandé Alice avec les yeux.

Nos parents ont soupiré et échangé un regard impénétrable. Un étrange courant passait entre eux, un fleuve de confettis lumineux.

Chiara s'est penchée en avant, les yeux ronds comme des cerises :

— Alors ?

Un corbeau s'est posé sur la chaussée, papa l'a bien regardé, puis il a décroché sa ceinture de sécurité et fait une contorsion vers nous, le volant planté dans le flanc. Maman a fait de même, avec une grimace. Je retenais mon souffle. Je les observais sans comprendre. Je commençais secrètement à m'agiter : c'était quoi, toutes ces bizarreries ?

— Dis-leur, Katia !

Maman a entrouvert les lèvres, mais pas un mot n'a fait surface.

Papa a hoché la tête pour l'encourager. Et elle a soupiré :

— Deux partout.

Les yeux de papa étaient plongés dans les miens et ils me disaient : *Tu as vu ?... On a réussi !* J'ai dévisagé d'abord l'un, puis l'autre. Je me disais : *Mais qu'est-ce qu'ils nous chantent là ?*

Puis maman s'est touché le ventre, papa s'est penché en avant et a posé sa main sur la sienne. À ce moment précis, Chiara s'est couvert la bouche avec les mains et elle a laissé exploser un cri :

— J'y crois pas !

— À quoi ?, j'ai demandé, encore plus agité de ne pas comprendre, tu ne crois pas à quoi ?

— On est enceinte !, a-t-elle hurlé en levant les bras et en tapant des poings contre le toit de la voiture.

— Enfin, techniquement, a dit papa, la seule à être enceinte c'est maman.

J'ai froncé le nez, j'ai pensé : *On est enceinte ? Mais qu'est-ce que...* Et la lumière a commencé à se frayer un chemin dans ma tête, comme un skateboard qui dévalerait une pente en soulevant la poussière et les feuilles, en rebondissant sur les pierres, et... *Deux partout*, avait dit maman, *deux partout*. Enceinte. Fils. *Frère*. Deux garçons. Deux filles. *Deux partout.*

— Deux partout ?, j'ai crié. Deux partout ?

J'ai ouvert grand la portière, je suis descendu de la voiture et je me suis agenouillé par terre, en serrant les poings comme si je venais de marquer un but d'un retourné acrobatique. D'un bond, je me suis relevé, j'ai fait une pirouette. J'ai fait le tour de la voiture en courant comme un forcené jusqu'à mon père, j'ai voulu l'embrasser en passant par la vitre, mais j'étais trop petit, j'ai seulement réussi à lui tirer une oreille, tellement fort qu'un instant j'ai eu peur de lui avoir fait mal. Je suis revenu dans la voiture, j'ai refermé la portière. Je n'arrivais plus à respirer tellement j'étais heureux.

— Je vais avoir un petit frère?, j'ai demandé en haletant. Je vais vraiment avoir un petit frère? Il va naître quand, comment il s'appelle, il va dormir où, on peut l'inscrire au basket?

Mais personne ne m'écoutait. Chiara s'était allongée sur le levier de vitesse pour embrasser maman, Alice battait des mains et papa se laissait aller à une danse faite de minuscules oscillations des épaules. Si on avait branché une batterie sur notre voiture à ce moment-là, eh bien, à cet instant précis, il y aurait eu de quoi illuminer la planète entière.

— Alors... c'est vraiment un garçon?, ai-je hurlé pour me faire entendre.

— Un garçon, a confirmé papa.

— Sûr?

— Sûr.

Chiara était super-contente. Alice aussi, bien entendu. Mais moi j'étais carrément le plus heureux de tous. Une nouvelle ère allait bientôt commencer, un nouvel ordre mondial: papa et moi, on ne serait plus jamais en minorité. C'était une chose... énorme. Trois garçons contre trois filles. La justice, enfin. Finis les votes faussés pour avoir la télécommande, fini le temps perdu dans les magasins, et basta les victoires faciles dans le choix de la plage ou du restaurant.

— La voiture sera trop petite, j'ai dit. Il faudra en prendre une autre.

Chiara a écarquillé les yeux:

— Voilà pourquoi on est en train de changer de maison!

Nos parents avaient depuis peu commencé les travaux de rénovation d'une grande maison: tout était clair.

— La voiture, je la veux bleue, j'ai dit.

— Moi, je la veux rouge, a dit Chiara.

— Bleue !

— Rouge !

— ... !, a dit Alice avec les yeux, puis elle a applaudi sans comprendre, entraînée par l'euphorie. Le soleil était un jaune d'œuf sur le point de se liquéfier, le chat est descendu du fourgon et une nuée d'oiseaux a explosé en quittant les arbres pour dessiner dans le ciel des figures immenses.

— Et on l'appelle comment ?

J'ai été le premier à poser la question. Maman était en train de me sécher les cheveux.

— Petrus, a hurlé papa depuis le salon en mâchant des cacahuètes.

— Marius, j'ai répondu.

Je ne sais pas pourquoi, ce prénom m'avait toujours fait rire. Si mon frère n'était pas sympathique – ce qui était possible, le quotient de sympathie entre frères ne se décide pas sur commande –, je me disais qu'avec ce prénom, je rigolerais bien, rien qu'en l'appelant.

— Il n'en est pas question, a dit Chiara. On l'appellera Pietro si c'est un garçon, Angela si c'est une fille.

— Chiara..., ai-je soupiré patiemment.

— Oui ?

— On a déjà dit que *c'est un garçon*.

Elle a soufflé, en faisant mine de rien.

Je ne m'étais pas trompé, les filles n'étaient pas si heureuses que ça du match nul, elles espéraient peut-être pouvoir encore inverser le résultat.

— Alors, Pietro, a répété Chiara.

Mais Pietro ne plaisait à personne, pas plus que Marcello, Fabrizio ou Alberto. J'ai proposé Remus comme alternative à Marius, mais ça ne passait pas non plus. On a essayé avec les prénoms des grands-parents et avec ceux des oncles, mais rien. Famille lointaine, non plus. Acteurs et chanteurs – *niet* ! La question est restée en suspens. Moi, je tenais à lui choisir un prénom qui aille bien, c'était tout de même le prénom de mon frère qu'on choisissait. Et puis, il fallait que ça se marie bien avec le nom Mazzariol. En Vénétie, *mazzariol* est le nom d'un lutin, au chapeau pointu et aux vêtements rouges, qui fait des farces aux ennemis de l'environnement. Un lutin dont les vieux racontaient les aventures, les soirs d'hiver dans les granges.

Mais avec l'exubérance de mes cinq ans, je me disais qu'il n'y a pas que le prénom qui te marque. Non, non, d'autres choses te rendent ce que tu es, ce que tu seras. Les jouets, par exemple. C'est pour ça que le lendemain, comme je n'arrivais pas à contenir mon excitation et que je voulais me rendre utile, j'ai demandé à papa de m'accompagner pour lui acheter un cadeau. J'avais décidé de lui offrir un doudou, son doudou de bienvenue. Mes parents n'ont pas fait d'histoires et maman, au contraire, a semblé franchement heureuse que j'aille voir ailleurs : depuis qu'ils nous avaient annoncé la nouvelle, je n'avais pas cessé de parler une seconde.

Nous sommes donc allés dans ma boutique préférée, un vieux magasin de jouets qui me plaisait car c'était le seul qui sente le neuf.

Il me fallait un doudou *fort*, qui lui ressemble, comme dans un miroir. Mes parents m'avaient habitué à faire attention au prix, parce que l'argent ça ne se trouve pas par terre, mais là, c'était une occasion spéciale et je me suis dit que je pouvais peut-être, enfin, oui, je pouvais dépenser un peu plus, je veux dire plus de 10 euros. Sacrée somme, j'ai pensé, mais mon frère méritait bien un doudou de plus de 10 euros.

Je me suis approché de l'étagère. Je me concentrais sur les animaux. Il y avait des lapins, des chats, des petits chiens. Non, il ne sera pas du genre à jouer avec un lapin, lui, ce sera plutôt le genre lion, ou rhinocéros, ou tigre, ou...

Et je l'ai vu.

— Celui-ci, j'ai indiqué à papa.

— Qu'est-ce que c'est?, a-t-il demandé en le prenant.

J'ai soupiré devant tant d'ignorance et levé les yeux au ciel.

— Un guépard! – Et je pensais: comment peut-on être un adulte et ne pas reconnaître un guépard?

— Tu es sûr que tu veux celui-ci?

— Il est parfait, j'ai répondu. Et il l'était. Le guépard. L'animal le plus rapide, et agile, et majestueux, et royal. Je l'imaginais déjà, mon frère *le guépard*. On se ferait des courses poursuites dans les escaliers, des guets-apens sur les lits, on lutterait pour la suprématie dans la salle de bains et, le plus important de tout, on passerait des alliances: lui et moi à la conquête du lecteur de DVD, ou des biscuits au chocolat, ou du terrain de basket. Lui et moi. À la conquête du monde.

Cette nuit-là, je l'ai passée à rêver à ce que nous pourrions bien faire ensemble, Guépard et moi. J'imaginais notre chambre tapissée de posters, des inscriptions partout sur les murs. J'aurais toujours six ans de plus que lui, toute ma vie. Je ferais tout avec six ans d'avance. Je lui apprendrais plein de choses: à faire du vélo, et même plus: à négocier avec les filles, et encore plus: à grimper dans les arbres.

Nous, les Mazzariol, nous sommes d'extraordinaires grimpeurs aux arbres. Depuis des générations.

C'est pour ça que, quelques semaines plus tard, j'ai demandé à papa si je pouvais l'accompagner sur le chantier de notre future maison, et j'ai emporté avec moi un bocal de graines que j'avais méticuleusement récoltées au déjeuner et au dîner, tout au long du printemps. Quelqu'un m'avait dit que si on conservait les graines et les noyaux des fruits et qu'on les plantait, des arbres pousseraient. Je m'étais mis à les récupérer dans les assiettes. Ce jour-là, je les ai pris avec moi. Il y en avait vraiment beaucoup.

Pendant que papa parlait avec les ouvriers, en cachette, j'ai fait le tour de la maison, j'ai dévissé le couvercle de mon bocal et j'ai répandu à la volée toutes les graines dans ce qui allait devenir notre jardin. Je les ai tassées, recouvertes de terre, bref, j'ai fait tout ce que je pensais qu'il fallait faire pour qu'elles prennent racine. Je suis revenu sur mes pas, je me suis glissé sur le siège arrière et j'ai attendu.

Sauf que voilà. J'ai eu soudain cette peur terrible d'en avoir peut-être trop mis, et trop serrées, et qu'un jour les arbres pousseraient en s'enroulant les uns aux autres contre la maison, même à l'intérieur, et qu'à la fin on devrait vivre dans une forêt.

Quand papa a terminé ce qu'il avait à faire, il est monté dans la voiture, a mis le contact et m'a jeté un coup d'œil dans le rétroviseur. J'ai vu qu'il fronçait les sourcils.

— Il y a un problème?, m'a demandé papa, qui a toujours eu une espèce de sixième sens pour mes bêtises.

Mais à ce moment-là, la pensée des murs défoncés par les branches avait déjà laissé place à celle de Guépard et moi vivant ensemble dans la plus fantasmagorique des maisons-forêts. Une maison dans les arbres, même.

— Non, non, j'ai répondu. Tout va bien.

Je me frottais les mains contre les cuisses. Il a démarré, et nous voilà partis.

La pensée de cette maison dans les arbres, ce soir-là, je l'ai emportée dans mon lit avec moi. Elle m'a tenu compagnie jusqu'à l'aube.

Ensuite, ç'a été le prénom. Il nous est venu au supermarché, comme il se doit.

Nous étions partis faire des courses, tous les cinq. Nous errions dans les allées avec nos chariots. Fruits, céréales, lessives. La radio diffusait une musique exotique, et pendant que Chiara et moi imitions une danse hawaïenne qu'on avait vue à la télé, papa essayait de glisser dans le chariot, sans que maman s'en aperçoive, des barres de chocolat, des amandes et des biscuits au beurre.

— Pourquoi pas Giacomo Junior?, j'ai dit en interrompant ma danse.

— Pardon?, a demandé maman.

— Je veux dire... le prénom du petit frère. Giacomo Junior. Après tout, je suis son grand frère. Je dois bien avoir des droits sur ce point, non?

— Non.

— Comment ça, *non*?

— Je ne veux pas de prénoms anglais.

— Giacomo, ce n'est pas anglais. – Maman a levé les yeux au ciel. – Giacomo II, alors? Giacomo le Petit? Giacomo le Jeune?

— Arrête.

— Ça pourrait au moins commencer par un G. Est-ce qu'on a le droit à un prénom qui commence par un G? En fait, je voudrais qu'on comprenne que nous sommes frères. C'est un geste d'amour, ça...

Je croisais mes mains sur la poitrine et faisais mes yeux de chiot, la petite bouche triste et tout le reste. Chiara a fait semblant de vomir dans le chariot.

— Godefroy, Gontran, Gaston, Gilbert, Gustave, Gaspard...

— C'est affreux, a dit Chiara.

— En effet, a dit maman.

— Guépard, alors! On peut l'appeler Guépard?

Mais à ce moment-là, elles avaient déjà arrêté de m'écouter et elles commençaient à se demander où avait bien pu passer papa, qui profitait généralement de nos moments de distraction pour aller voir les types qui proposaient des dégustations et, feignant d'être intéressé par un achat, écumait les linéaires, pire qu'un naufragé.

Nous sommes arrivés au comptoir des fromages. Je commençais à transpirer. J'avais peur qu'on ne trouve aucun accord, qu'on jette l'éponge et qu'à la fin on décide de ne pas l'appeler.

Un enfant sans nom. *Lui*, pour les maîtresses à l'école. *Tu sais qui*, pour les camarades de classe. *Il* ou bien *eh toi*, pour son futur patron.

— Eh, vous deux, qu'est-ce que vous préférez, a demandé maman. Mozzarella ou stracchino ?

— Stracchino, a dit Chiara. Un Nonno Nanni*.

C'est là que j'ai crié : « Giovanni ! » Maman et Chiara se sont retournées. « Mon frère Joe ! »

Maman a fait une grimace.

— Non, désolé, je voulais dire Gio avec un *g*, pas Joe. Giovanni. Mon frère. Vous en dites quoi ?

— J'aime bien Giovanni, a dit Chiara, qui à mon avis était d'accord juste parce que c'était elle qui avait choisi le fromage.

— Eh bien, moi aussi, a approuvé maman, avec une expression qui disait : mais comment n'y a-t-on pas pensé plus tôt ?

Et c'est à ce moment précis, dans l'allée des fromages du supermarché, entourés de parmesan et de provolone, avec la musique d'ambiance et notre père disparu à la recherche de nourriture, que le destin du prénom de Guépard s'est trouvé scellé. Un destin dans le stracchino.

Alors, je me suis dit que je ne pouvais pas faire grand-chose de plus. Primo, j'avais acheté le doudou guépard qui lui indiquerait sa vraie nature. Secundo, j'avais choisi le prénom. Que restait-il à faire ? Rien. Attendre. Le ventre de maman s'arrondissait, la maison poussait, la forêt dans le jardin pas encore, mais on avait le temps. Le monde me semblait dispenser suffisamment de merveilles.

---

* *Stracchino* vient de l'adjectif *stracc*, « fatigué » en dialecte lombard. Quand les vaches redescendaient de l'alpage à la fin de l'été, elles étaient si fatiguées que leur lait était moins gras. Il servait à faire un fromage léger, à pâte molle, appelé aussi *crescenza*. Aujourd'hui Nonno Nanni est une marque de stracchino appréciée en Lombardie. (*Toutes les notes sont des traducteurs.*)

Mais non.

Un jour, un dimanche – un dimanche, encore une fois –, en rentrant de je ne sais où, peut-être de chez ma grand-mère, et en passant devant notre parking désert habituel, papa a donné un coup de volant et s'est mis à la recherche d'une place qui, comme l'autre fois, posséderait cette qualité indispensable pour accueillir aussi bien la Passat couleur bordeaux qu'une nouvelle annonce.

— Encore ?, a dit Chiara.

— Encore ?, j'ai dit.

— … ?, a dit Alice avec les yeux.

Pendant une seconde j'ai pensé : Je parie que ce sont des jumeaux. Ou alors… J'ai fermé les yeux très fort. Non, ce n'est pas possible… Papa a repéré la bonne place, fait son créneau, éteint le moteur. Il a défait sa ceinture. Maman aussi. Sans leur laisser le temps de parler, j'ai imploré :

— Non. Pitié. Ne me dites pas que vous vous êtes trompés. Ne me dites pas que c'est une fille !

— Non, a dit maman, avec un sourire particulier qui m'a rassuré. On ne s'est pas trompés.

J'ai soupiré, soulagé. À partir de là, ils pouvaient dire ce qu'ils voulaient, peu m'importait.

— Alors, pourquoi on est encore sur ce parking ?, a demandé Chiara.

Maman et papa se sont regardés comme l'autre fois – mais pas exactement comme l'autre fois –, et entre eux le courant a repris, avec les confettis colorés et tout et tout, mais d'une couleur différente. C'était comme si on était en train de répéter une scène. Le metteur en scène aurait dit : *Très bien, très bien, mais il me faut plus de pathos, vous comprenez ? Je veux la vie, la vraie. La colère et la joie. Le passé et le futur. Le chaud et le froid. Fourrez-y tout. Et pour chaque chose, son opposé aussi.*

Moteur.

Et nous y voilà.

La camionnette rouillée n'était plus là, à sa place une remorque bleu ciel recouverte d'une bâche. Aucun chat dans les parages, deux corbeaux jouaient à cache-cache. C'était une journée d'été, le soleil se frayait un chemin au-dessus de la couche farineuse de nuages et, sur les branches des arbres, les feuilles vibraient légèrement. Une voiture est passée, la radio à plein volume, les basses à fond.

Maman a attendu que la musique s'estompe.

— Nous avons une chose à vous dire... à propos de votre frère.

Papa lui serrait la main.

— Votre frère..., a-t-elle dit, et elle a fait une pause. Voilà, votre frère sera... spécial.

Chiara et moi nous sommes regardés, seuls nos yeux bougeaient.

— Spécial ?, a répété Chiara

— En quel sens, spécial ?, j'ai demandé.

— Dans le sens, a dit papa, qu'il sera... différent. Affectueux, d'abord. Très. Très. Très. Et puis souriant et gentil. Et tranquille. Et avec..., avec ses *rythmes* à lui.

J'ai levé un sourcil :

— Ses rythmes à lui ?

— Et il aura d'autres choses spéciales qui lui seront propres et que nous ne savons pas encore, a souri maman.

— Donc c'est une bonne nouvelle ?, a demandé Chiara.

— Ce n'est pas seulement une bonne nouvelle, a dit papa, sérieux. – Il a plissé le front de manière rigolote, et la voiture a commencé à se gonfler et se dégonfler comme si elle respirait avec nous. – C'est bien plus, a-t-il dit. C'est une nouvelle époustouflante. – Puis il s'est tourné et a allumé la radio.

Voilà.

Sur le moment, ce qui m'a étonné – et ce qui est resté gravé en moi de cette journée –, c'est cette histoire de radio. Papa n'a jamais trop écouté de musique, mais il a cette passion pour

Bruce Springsteen. Si on lui posait la question, il répondrait que tout ce qu'on peut dire de la vie, de la mort, de l'amour ou des choix qu'on fait se trouve déjà dans une chanson de Bruce Springsteen. Et donc, il a allumé la radio, les haut-parleurs ont soufflé le son rugueux d'un harmonica et la voiture s'est remplie de mélancolie. Springsteen a commencé à chanter *The River*. Je ne comprenais rien à ce qu'il disait, je ne savais même pas que la chanson était *The River*, mais je me suis senti emporté par un torrent d'émotions. Je ne saurais pas dire pourquoi, mais je me souviens, avec une intensité sans équivoque, que je voulais embrasser tout le monde. Et peut-être qu'insensiblement j'étais déjà en train de le faire. Mon père parce que c'était mon père. Ma mère parce que c'était ma mère. Mes sœurs... Bon, oui, bref, j'aurais même embrassé mes sœurs.

Quelque chose d'extraordinaire était sur le point de se produire.

Cette nuit-là, j'ai rêvé d'un enfant-guépard aux super-pouvoirs. S'il était spécial, il avait peut-être des super-pouvoirs. *Wow*, je pensais dans mon rêve. Mon frère savait voler. Mon frère avait trois ans et il était hyper-rapide, il avait des biceps d'haltérophile et des épaules de rugbyman. J'étais pris au piège dans un incendie, et il se faufilait entre les flammes pour m'en extraire. Un groupe de terroristes – des CM1, pour être précis – m'avaient fait prisonnier, et lui, il défonçait le mur pour me sauver et ça ne lui faisait rien, ses os étaient revêtus d'adamantium (comme Wolverine, pour ceux qui ne seraient pas au courant). J'allais être dévoré par un ours et lui, *hop*, il arrivait, me soulevait, me mettait en sécurité, et il retournait voir l'ours avec un bifteck. Pour lui faire plaisir. Mon frère était la lumière, les atomes, l'imprévisible. Il évitait les balles, les flèches rebondissaient sur sa poitrine. Et ce n'est pas tout. Il tardait à sauver le président des États-Unis pour aider un chat à descendre d'un arbre. Il se jetait dans un fleuve pour récupérer un bateau en papier. Il ramassait les petites voitures tombées dans les bouches d'égout.

Voilà.

C'était un type spécial. Avec une grenouillère moulante et le S de « spécial » sur le torse. Trois ans, les cheveux plaqués, des yeux de Bambi et des abdominaux de catcheur. Il ne parlait pas, il agissait. Et plus les jours passaient, plus j'ajoutais de nouvelles nuances au mot « spécial ». Avec chaque fois cette seule et unique question : pourquoi diable devrait-il naître comme ça ?

— Maman ?

— Je suis là.

Je suis entré dans la cuisine avec le bloc-notes où j'avais écrit, avec l'aide de Chiara, une série de questions. Il n'y avait que nous deux – pas Chiara ni Alice, je ne me souviens plus où elles étaient.

Maman coupait des tomates et les jetait dans le saladier transparent. Elle a pris la corbeille de pain, l'a posée sur la table. La radio répandait une petite musique joyeuse, enfantine.

— Oui ?, a-t-elle demandé.

— Eh bien… qu'est-ce que tu as mangé la veille du jour où on t'a dit que tu attendais Giovanni ?

Maman, qui ouvrait le frigo, s'est figée, la main sur la porte.

— Pardon ?

Papa est entré à ce moment précis.

— Qu'est-ce qui se passe ? – Il l'a rejointe et l'a embrassée sur la joue par-derrière. – On passe bientôt à table ? C'est quoi ce carnet, Jack ?

— Des questions.

— Sur quoi ?

— Sur mon frère.

— Sur ton frère ?

— Sur ses pouvoirs spéciaux.

— Tu veux savoir quoi ?

— Pourquoi.

— Pourquoi quoi ?

— Pourquoi il en a.

Papa a ronchonné, lancé ses bras en arrière pour les étirer, j'ai entendu comme un bruit de branche séchée qui se brise.

— Je comprends, a-t-il dit. Et c'est quoi, tes questions ?

J'ai regardé mon carnet.

— Eh bien, j'ai demandé à maman ce qu'elle avait mangé la veille du jour où on lui a dit qu'elle attendait Giovanni.

— Mais oui ! – Papa s'est retourné : Qu'as-tu mangé la veille du jour où on t'a dit que tu attendais Giovanni ?

Maman s'est gratté la tête.

— Je ne sais pas. Des pâtes, je crois. Et de la trévise, peut-être.

J'ai hoché la tête et j'ai fait semblant d'écrire sur mon carnet – je ne savais évidemment pas écrire, j'entrais en CP l'année suivante.

— Et toi..., ai-je continué en me tournant vers mon père. Combien tu pèses, toi ?

— Quatre-vingts kilos.

— Tu parles..., a dit maman.

— Quatre-vingts kilos, a répété mon père, impassible.

— Et où étais-tu quand maman t'a dit pour Gio ?

— Dans notre chambre.

— Dans votre chambre. Intéressant. Et, maman, le dernier livre que tu as lu, il parle de quoi ?

— C'est l'histoire d'un...

— Oui, bon, mais est-ce que ça se finit bien ?

— Oui.

— C'est bien ce que je pensais.

J'ai fait de grands mouvements avec la tête et j'ai mis des petites croix à côté des questions.

Maman servait la salade dans les assiettes.

— On peut passer à table, maintenant ?

— Une dernière chose. C'est la plus importante. Tu es allée courir, dernièrement ?

— Giacomo, quelle drôle d'idée ! Avec un ventre comme ça ?

— Te promener ?
— Oui.
— Avec qui ?
— Avec Francesca.
— La maman d'Antonio ?
— La maman d'Antonio.

J'ai écarquillé les yeux.

— Tu es allée te promener avec la maman d'Antonio ?
— Oui, mais pourquoi tu...
— La maman d'Antonio vient d'avoir un enfant, n'est-ce pas ?
— Oui.
— C'est celui qui est né avec les cheveux blonds et les yeux bleus, alors que tout le monde dans sa famille a les cheveux et les yeux noirs ?
— Oui.
— Ça, je peux te l'expliquer..., a dit papa en haussant les sourcils avec un bizarre petit sourire en coin.

Maman l'a fusillé du regard, mais je ne faisais déjà plus attention. Ça ne pouvait pas être une coïncidence. Elle s'était promenée avec une femme qui venait d'avoir un enfant *différent*. Cela devait certainement être en rapport avec les pouvoirs de Giovanni. C'était peut-être quelque chose que les mamans se transmettaient en cachette, en se promenant. Ou en bavardant. Ou peut-être simplement en se regardant. C'était une question de mouvement. De vitesse ? Ou bien le lieu et la saison y étaient-ils pour quelque chose ? Ma tête était un flipper bourré de billes, et chaque bille était une pensée. Je me suis assis à table et j'ai repris de la salade, les yeux rivés sur un point, très loin de tout, au-delà du temps et de l'espace. La vie était quand même pleine de mystère.

La nuit, dans mes rêves, les yeux ouverts ou fermés, j'imaginais mon frère enfermé dans un paquet – papier cadeau, ruban, et tout le reste. J'étais assis dans le canapé et je tenais le paquet sur mes genoux. Ça, c'est le meilleur moment : quand ton cadeau est entre tes mains et que tu ne l'as pas encore ouvert. À cet instant, tout est possible. Une fois ouvert, bon, le contenu est ce qu'il est, tant mieux s'il te plaît, tant pis s'il ne te plaît pas. Mais quand, ce paquet, tu l'as entre tes mains, et que tu le touches, tu le soupèses, et que tu cherches à savoir ce qu'il contient et que tu ne le sais pas encore, quelle merveille ! Parfois on est tenté de penser qu'il vaudrait mieux ne pas les ouvrir, les paquets. Qu'il vaudrait mieux continuer à rêver un peu. Mais ça ne marche pas comme ça. Il y a même une joie toute particulière à ouvrir un paquet, à s'exposer au mystère.

Le jour, je regardais le gros ventre de maman et je pensais qu'à l'intérieur, il y avait Gio. Je me disais que je l'appellerais comme ça pour le restant de ma vie, pendant les disputes et pendant les complots, pour le faire venir à table et quand j'aurais besoin de son aide. « Hey, Joe ! » : tous l'appelleraient comme ça, comme dans la chanson de Jimi Hendrix. Et j'étais sûr que tout le monde l'appellerait beaucoup, parce qu'il serait de ceux dont on aime s'entourer. Je touchais le gros ventre de maman, je le sentais, j'approchais mes yeux jusqu'à voir le grain de la peau tendue. Je posais mon oreille dessus et j'attendais qu'il donne un coup de pied.

Pendant ce temps-là, le monde autour de nous était en train de changer. Une nouvelle maison, une nouvelle voiture et même un nouveau job pour papa. Giovanni entraînait derrière lui un océan de nouveautés. Il était une étincelle et nous allions la laisser nous enflammer.

Nous nous sommes installés aux premiers jours de décembre dans la nouvelle maison, notre pavillon avec jardin, *le* jardin, celui que je guettais sans arrêt dans l'attente de voir pousser les bourgeons de ma forêt. Le jour de l'emménagement, j'ai fait le tour de chaque pièce : les chambres à coucher à l'étage, les salles de bains, la cuisine, le salon. J'ai fait glisser mes doigts sur les murs. Je suis descendu au sous-sol pour fouiner dans la cheminée. Il y avait une odeur de bois et de peinture.

Je suis allé chercher le doudou guépard dans les cartons et je l'ai rangé immédiatement en lieu sûr, dans une armoire.

La maison commençait à se remplir de notre vie. L'odeur de bois et de peinture laissait place à celle de notre famille, de nos jeux, de notre nourriture. Et aussi de l'hiver. Il faisait froid. Il a même neigé deux fois, mais peu. Nous avions accroché aux murs nos cadres et nos photos. Je m'emmitouflais dans les couvertures sur le canapé. Mon voisin Luca n'était plus là, mais j'avais déjà repéré d'autres enfants aux alentours.

Un jour, en entrant dans la cuisine, j'ai vu une photo de nous cinq, maman et papa, Chiara, Alice et moi. On avait l'air si joyeux. *Nous ne pouvons pas laisser Giovanni trouver cette photo*, je me suis dit. Et si, en la voyant, il pensait que nous étions heureux même sans lui ?

Je l'ai donc prise, je suis allé dans ma chambre chercher un feutre rouge dans mon cartable et je me suis assis à ma table. J'ai dessiné sur la gauche, à côté de nous, un petit bonhomme stylisé. Je lui ai fait un visage tout rond avec un sourire qui allait d'une oreille à l'autre. J'ai remis la photo à sa place, et en la regardant, je me suis aperçu qu'il manquait quelque chose. Je l'ai reprise, et sur les épaules de Giovanni j'ai dessiné une cape. De super-héros.

On était le 7 décembre.

Je m'en souviens parce que Gio est né cet après-midi-là.

Cent quatre-vingts doudous

Le voilà, enfin. Dans son nouveau berceau. Dans sa nouvelle famille. Dans le vieux pyjama jaune qui, avant lui, avait accueilli Chiara, puis moi, puis Alice. De la couverture émergeaient, en haut, la jolie petite tête et, en bas, un pied. Jusque-là, pas de problème : tout était au bon endroit, mais cette petite tête et ce pied racontaient une histoire que j'allais comprendre petit à petit. J'étais à côté du berceau, avec le guépard que je lui avais acheté mais que je tenais fermement sous le bras, au lieu de le mettre dans son berceau, parce que… à vrai dire, je ne sais pas pourquoi.

— Il vient d'où ?, j'ai demandé à mon père, tout bas.

— Que veux-tu dire par « d'où il vient » ?

— Il n'est pas de la même planète que nous. C'est évident.

— On te l'avait dit, a répondu mon père, en me serrant l'épaule d'une main si chaude et ferme que, je vous assure, avec cette main sur l'épaule, j'aurais été capable d'aller n'importe où dans le monde, d'affronter n'importe quoi. On vous l'avait bien dit, qu'il était spécial.

J'ai hoché la tête.

D'abord les yeux. Il avait des yeux de Chinois, ou d'un habitant de Vénus peut-être, je n'arrivais pas à me décider. Ou d'une autre planète avec des cristaux lumineux sortant du sable et dix lunes violettes dans le ciel. Moi aussi, j'ai des yeux de forme un peu orientale, en ce sens on voit que nous sommes frères, mais les siens étaient vraiment très orientaux. Et la nuque. Sa nuque était plate comme une piste d'atterrissage pour vaisseaux spatiaux microscopiques ; s'il s'était mis à quatre pattes, ça nous aurait fait un plateau. Mais rien ne m'a plus frappé que les orteils de son pied qui avait glissé de la couverture et qu'il bougeait comme s'il recevait des décharges électriques. Parce que les orteils, sur ce pied, Giovanni en avait quatre. Ou plus exactement, on devinait qu'il pouvait en avoir cinq, mais le quatrième et le cinquième, le romain et le petit, étaient collés ensemble. Comme deux Kit Kat.

— Et l'autre..., j'ai dit en le montrant, l'autre pied aussi est comme ça ?

— Oui, a dit papa. C'est rigolo, non ?

J'ai haussé les épaules. Je ne savais pas si c'était rigolo. À vrai dire, ça m'impressionnait un peu. Mais, au fond, je me disais que même mon meilleur ami Andrea – pour être exact, il était redevenu mon meilleur ami depuis peu, après une période d'exil, parce que je lui reprochais d'avoir convaincu Lavinia, une de nos copines de classe, d'être sa petite amie et non la mienne –, eh bien Andrea, à titre d'exemple, n'avait pas de lobe, les oreilles lui sortaient de la tête d'une seule pièce. Nous sommes tous différents, j'ai pensé, et le fait d'avoir un orteil en moins permettrait peut-être à Giovanni de shooter dans le ballon avec plus de précision, comme avec les chaussures de foot sans couture. Nous sommes tous différents, et la diversité peut parfois être un avantage majeur. J'ai pensé à ces anges tombés sur terre qui doivent dissimuler leurs ailes sous des manteaux de laine. À Scott Summers, celui des X-Men qu'on appelle « Cyclope », toujours obligé de porter une paire de lunettes de soleil. Giovanni mettrait des chaussettes et des chaussures de foot comme les autres, mais il les retirerait en plein match, au moment de sprinter à la limite de la surface et de shooter dans le ballon, à sa façon, spéciale, laissant le gardien bouche bée.

J'ai pris le guépard sous mon aisselle et je l'ai soulevé pour le lui montrer, juste en face de ses yeux.

— Tu dois attendre quelques semaines, a dit maman, maintenant il ne voit pas encore.

— Il est aveugle, en plus ?

Elle a ri.

— Tous les nouveau-nés le sont.

— Ah oui ? Vraiment ?

— Eh oui.

Je suis resté impassible. J'ai rapproché le guépard un peu plus. J'ai fait comme s'il l'embrassait sur le nez.

Ce qui m'excitait le plus, c'était qu'il vienne de Chine ou d'une planète orientale. Chaque fois que maman et papa le laissaient sans surveillance, j'en profitais pour lui parler en sino-nippo-coréen : je produisais avec la bouche des sons prolongés constitués surtout de voyelles. Je me plaçais devant lui, je le regardais droit dans les yeux, j'étirais un sourire d'une oreille à l'autre et je commençais à émettre des litanies semblables à des fréquences radio.

Un jour, papa est arrivé derrière moi, sans faire de bruit.

— Tu es devenu fou ? Qu'est-ce que tu fais ?

J'ai baissé la voix sans me laisser déranger par son ignorance.

— J'essaie de communiquer.

— Et ça marche ?

— Ce sera un long chemin.

— Sûrement.

— Il a déjà réagi.

— Vraiment ?

— Oui.

— Qu'est-ce qu'il a fait ?

— Il s'est mis un doigt dans le nez.

— Oh !

— Il l'a fait quand j'utilisais les *u* et les *a*. Comme ça : « Uuuu-aaa-uuu-aaa. »

Gio a éclaté de rire et s'est mis un doigt dans l'oreille.

— Tu as vu ?

— Donc, a dit papa, d'après toi, les *u* et les *a* ont un rapport avec le fait de se mettre le doigt dans un orifice du corps ?

J'ai approuvé, tout excité :

— C'est fantastique, non ?

— Continue, a-t-il dit. Ne baisse pas les bras.

J'ai commencé à le suivre de près. J'étais sacrément fasciné par mon frère spécial et j'essayais de comprendre de quoi il retournait. Dès que ma mère l'abandonnait une seconde dans sa poussette, dès qu'elle se tournait pour faire quelque chose, ranger un tiroir ou je ne sais quoi, je lui tombais dessus comme un satellite espion dans *Star Wars*.

— Est-ce que je peux te poser une question ?, j'ai demandé à maman un après-midi où il neigeait. Elle était dans la salle de bains bleue, celle des grandes personnes, interdite aux enfants, là où papa se rasait et maman mettait ses crèmes. Moi, j'étais allongé sur le lit, la main sous la joue, en train d'observer Gio, comme d'habitude.

— Bien sûr, mon chéri.

— Pourquoi vous l'avez fait comme ça ?

— Comme quoi ?

— Chinois.

— Eh bien, on nous avait proposé sud-américain ou asiatique mais aujourd'hui, tu sais, c'est la mode des lanternes rouges, des dessins à fleurs, des sushis.

Maman était apparue dans l'embrasure de la porte de la salle de bains.

— Tu l'aurais préféré mexicain ?

Je me suis laissé tomber sur l'oreiller, en soufflant.

— Et, pardon, a-t-elle continué, mais tu ne menais pas des recherches pour savoir pourquoi Gio était spécial? Tu sais, les questions que tu nous as posées, à papa et moi... ce que j'avais mangé le jour d'avant, si j'étais allée me promener avec la maman d'Antonio... Alors?

— Alors quoi?

— Tu n'as rien découvert?

— Pas grand-chose.

Maman est sortie de la salle de bains et elle a ouvert le coffre pour prendre des serviettes.

— Giacomo..., a-t-elle dit de cette voix douce et profonde qu'elle a lorsqu'elle s'apprête à dire une grande vérité. Dans la vie, il y a des choses qu'on peut choisir et d'autres qu'il faut accepter comme elles viennent. La vie est tellement plus grande que nous. Elle est compliquée, pleine de mystère...

Elle parlait, et ses yeux brillaient: elle a toujours ces yeux remplis d'étoiles quand elle parle de la vie, aujourd'hui encore.

— La seule chose qu'on peut toujours choisir, c'est d'aimer, a-t-elle dit. Aimer sans se poser de questions.

À ce moment, Chiara est entrée dans la chambre. Elle est venue s'asseoir sur le lit, à côté de moi. — Même son nez qui coule tout le temps?, a-t-elle demandé en s'invitant dans la conversation. Parce qu'aimer sa morve... bof. La nuit quand il dort, on dirait un avion qui décolle. Enfin, vous voyez ce que je veux dire? Et d'un geste, elle a fait décoller sa main.

C'était vrai que, la nuit, du berceau de Gio montait souvent une espèce de grondement. Mais ça ne devait pas poser trop de problèmes à Chiara, qui aurait pu dormir au milieu d'un échangeur d'autoroute. Je l'ai regardée avec hostilité. Pas pour une raison particulière. Simplement par solidarité masculine.

— Et sa langue, a dit Alice qui s'était faufilée dans la chambre sans se faire remarquer et nous avait tendu une espèce d'embuscade, depuis l'arrière du lit. Pourquoi il a toujours sa langue dehors?

En effet, ça aussi était vrai : il montrait tout le temps sa langue. Je me disais qu'elle était peut-être trop longue pour sa bouche. Peut-être serait-il le premier Mazzariol capable de s'en servir pour toucher le bout de son nez. Nous, on était plutôt nuls à ce jeu. On ne pouvait pas être à la fois grimpeurs aux arbres et toucheurs de nez avec la langue. Ç'aurait été trop demander.

— Zut !, s'est exclamée maman en regardant sa montre. Il est vraiment tard. Il faut y aller. Chiara, va te préparer. Toi aussi, Alice.

Et elles sont sorties de la pièce.

Je ne me rappelle pas ce qu'elles avaient à faire ni pourquoi je n'étais pas obligé de les suivre mais je me souviens que je suis resté seul avec Giovanni. Je me suis retourné vers lui, l'ai regardé fixement, et lui, brusquement, a ouvert tout grands ses yeux, comme je ne l'avais jamais vu faire. Il a arrimé son regard au mien. À cet instant, j'ai entendu un écho dans ma tête, comme une voix qui sortait d'un puits et disait : *Je comprends tout ce que vous dites.*

Je me suis relevé d'un coup :

— C'est toi ?, j'ai demandé.

Je comprends tout ce que vous dites, a répété la petite voix.

— Tu sais communiquer par la pensée ?

Parlez donc de moi, a dit la voix. *Il suffit que vous parliez.* Et la voix a ri.

Maman aime lire. À la maison, il y a des livres partout, sur la table du salon, dans la cuisine, aux rebords des fenêtres et jusque dans les toilettes. Mais en général, c'est sa table de chevet qui manque de s'écrouler sous le poids des romans qu'elle accumule.

Avec le temps, les noms de Hesse, García Márquez, Orwell me deviendraient familiers mais, à sept ans, j'étais seulement sensible à l'épaisseur du volume, la couleur de la couverture et la quasi-absence d'illustrations. J'ai toujours été attiré par les livres. Je crois que l'amour des livres se transmet par les parents, mais pas seulement par l'exemple donné ; il est dans l'air, dans les aliments. Souvent, il m'est arrivé de tenir dans les mains un des livres que maman laissait traîner simplement pour en ânonner le titre, passer un doigt sur le papier ou, parfois, en respirer l'odeur.

C'est pourquoi j'ai remarqué celui-là.

Il avait une couverture bleue, d'un bleu triste et poussiéreux, et je l'avais déjà vu plusieurs fois dans la chambre à coucher ou sur le fauteuil du salon. Un jour où je traînais à la maison, j'ai fini par m'en approcher et le prendre entre les mains. J'ai lu le nom de l'auteur, un étranger, et le titre, qui comportait aussi un mot étranger, je le savais parce qu'il y avait la lettre *w* et que je me suis dit : nous, en italien, on n'a pas beaucoup de *w* ou de *x*. Le mot était « Down ». Je l'ai lu en prononçant : *dovn*. Et avant il y avait le mot « syndrome ». Je ne savais pas ce que voulait dire « syndrome », je ne savais pas plus ce que voulait dire « Down ». Je l'ai ouvert, et comme toujours lorsque certaines pages ont un papier plus épais, je suis tombé en plein sur une photographie.

J'ai écarquillé les yeux. Je me suis dit : c'est Giovanni !

Non, ce n'était pas Giovanni. Mais quelqu'un qui lui ressemblait tellement, les mêmes yeux, la même tête, la même bouche. Ce n'était pas Gio mais sans aucun doute quelqu'un qui venait de sa planète. J'allais peut-être découvrir le secret de mon frère. J'ai continué à feuilleter les pages du livre, sans rien comprendre, si ce n'est qu'il s'agissait d'un livre de médecine. Le mot « maladie » s'est glissé dans ma tête. « Syndrome » voulait dire « maladie » ou à peu près. Quelque chose m'échappait. J'ai pris le livre et je suis allé dans la cuisine.

Maman était en train de couper des poivrons sur une planche à petits coups de couteau secs. Papa, assis à table, lisait le journal en picorant dans une coupelle d'amandes. À côté de lui, Chiara faisait ses devoirs. Je suis entré, j'ai posé le livre sur la table, en le jetant même un peu, comme pour signifier qu'il s'agissait de quelque chose d'important, qu'ils devaient interrompre leurs activités et m'écouter. Papa a levé les yeux de son journal, la main suspendue au-dessus de la coupelle d'amandes. Chiara a arrêté d'écrire sur son cahier. Maman de couper. Un petit morceau de poivron est tombé par terre.

J'ai cherché au fond de mes poches la voix la plus grave qu'on puisse avoir à sept ans :

— C'est quoi, ça ?

Papa a fait semblant de réfléchir puis il s'est exclamé :

— C'est un livre !

Il a dit ça comme s'il s'agissait d'une remarque extrêmement intelligente. Chiara a ricané.

— Je sais bien que c'est un livre. Mais c'est un livre qui parle de Giovanni. Il y a des photos de gens qui ressemblent à Giovanni. Et ça veut dire quoi, « syndrome » ? Ça veut dire quoi, Dovn ?

— Down, m'a corrigé Chiara.

— Oui, ce mot, qu'est-ce que ça veut dire ?

— C'est ce dont souffre ton frère, a dit maman en continuant à découper. Un syndrome découvert par un médecin anglais qui portait ce nom-là, John Langdon *Down*. Bien sûr, avant lui, d'autres personnes avaient ce syndrome, mais il lui a donné un nom.

— Mais c'est une maladie ?

— Oui, a dit papa.

— Giovanni est malade ?

— Le syndrome de Down est une maladie. Giovanni a le syndrome de Down, il est trisomique. Par conséquent, je ne peux que te répondre oui : on peut globalement dire que Giovanni est malade, mais...

Je me suis tourné vers Chiara :

— Tu le savais, toi ?

Elle a fait signe que oui. Je me suis senti vexé et trahi. Papa s'est penché sur la table pour prendre mes mains dans les siennes. Je les ai retirées, comme si je m'étais brûlé.

— Pourquoi vous ne m'avez rien dit ? Parce que je suis petit ?

— Non, on ne te l'a pas dit parce que la question n'est pas là.

— Elle est où la question, alors?

— La question, Giacomo, c'est que Giovanni est Giovanni. Il n'est pas son syndrome. Il est lui-même. Il a un caractère, des goûts, des qualités et des défauts. Comme nous tous. Nous ne t'avons jamais parlé de sa maladie parce que, nous-mêmes, nous ne pensons pas à Giovanni en ces termes. Ce n'est pas son «syndrome» – et il a fait des guillemets avec les doigts – qui occupe nos pensées. Mais Giovanni. Tu vois ce que je veux dire?

Je l'ai regardé sans répondre. Est-ce que je voyais ce qu'il voulait dire? Je n'en étais pas très sûr. Je n'aurais pas su dire non plus si j'étais préoccupé. Si eux-mêmes n'étaient pas perturbés par la maladie de Giovanni, pourquoi, moi, devrais-je l'être? Et eux, non, ils ne me semblaient pas vraiment perturbés. Au contraire. Il y avait une tranquillité particulière dans ce qu'ils disaient et la façon dont ils le disaient, sans parler de leurs regards, de leur façon de bouger les mains.

— C'est ça, les rythmes dont vous parliez?, j'ai dit de but en blanc. – Papa a plissé le front. – Vous nous l'avez dit quand vous avez dit qu'il était spécial. Qu'il aurait son propre rapport au temps. Qu'est-ce que le temps vient faire là-dedans?

— En effet, a dit maman. Il sera un peu plus lent pour apprendre.

— Marco aussi a le syndrome de Down? – Marco était un de mes copains de classe qui ne connaissait pas encore l'alphabet alors que j'étais capable de le réciter à l'endroit et à l'envers.

— Non, tu n'as pas d'ami qui ait ce syndrome, Giacomo. Si tu en avais, tu les distinguerais aussi par leur visage et tout le reste.

— Les yeux bridés?

— Par exemple.

— Et puis quoi?

— Comment, quoi?

— La maladie, je veux dire. Il va avoir mal?

— Il aura une santé un peu plus fragile.
— Quoi d'autre ?
— Il parlera d'une façon bizarre.
— Il prononcera les mots d'une façon bizarre ?
— Pas seulement. Il aura du mal à s'exprimer comme tu t'exprimes, pour te donner un exemple.
— Et encore ?
— Il n'arrivera pas à faire de vélo sans les petites roues, a dit papa.
— Sérieux ?
— Sérieux.
— Grimper aux arbres ?
— Je crains que non.
J'ai écarquillé les yeux, bouleversé. J'ai soupiré.
— En général, a dit maman, cela signifie qu'il aura juste besoin d'un tout petit peu d'aide.
Elle a attrapé un torchon accroché au-dessus de l'évier pour s'essuyer les mains. «Juste un tout petit peu.» On aurait dit qu'elle le disait plus pour elle-même que pour moi.
— Il sera un peu en retard..., a ajouté Chiara qui, jusque-là, écoutait en silence en dessinant de minuscules spirales sur sa feuille avec la pointe de son crayon.
— Nous aussi, hier, on était en retard chez Nonna.
— Ce n'est pas dans ce sens-là.
— Dans quel sens, alors ?
Papa, qui était assis à côté de Chiara, s'est jeté sur elle pour lui faire des chatouilles.
— Comme un train sur ses rails, a-t-il dit. *Tchouf, tchouf, tchouf* – et avec ses doigts, il a remonté vers son ventre, son torse, son cou. Chiara se tordait de rire. – Giovanni aura besoin de rails, exactement comme un train. Ses rails, ce sera nous. Et s'il arrive en retard, tant pis. Après tout, dans ce train, si tu es assis à côté d'une belle blonde avec... – et il a mimé des rondeurs avec ses mains.

Maman lui est tombée dessus par-derrière, et lui a allongé une taloche. Papa a éclaté de rire. Chiara riait aussi. Alors, moi aussi je me suis mis à rire. Il y avait dans l'air un parfum de sauce bolognaise, dehors l'hiver frappait contre les portes. J'avais un paquet de questions dans la tête et une étrange chaleur dans le ventre. J'étais conscient de ne pas connaître tout ce que je comprendrais plus tard, mais je savais aussi que ça n'avait pas d'importance. Nous étions ensemble. Et, à ce moment-là, c'était tout ce qu'il me fallait.

Un après-midi, quelques jours plus tard, la sonnette d'entrée a retenti trois fois. Je me souviens qu'on était seuls, papa et moi. Je terminais mes devoirs, il feuilletait les promotions dans le catalogue d'un supermarché. Nous étions six maintenant et, comme il était le seul à travailler, il fallait faire attention aux dépenses. Papa s'était mis à observer l'évolution des prix dans les différents supermarchés comme d'autres étudieraient la courbe des taux d'intérêt sur dix ans, le prix de l'or ou la hausse de la production de café au Costa Rica. Après tout, il est diplômé en économie.

Donc, on sonnait à la porte. J'ai hurlé : « J'y vais ! » et j'ai couru ouvrir.

Dans la rue, il y avait un fourgon jaune, et devant, un type avec une casquette de baseball, un bloc-notes dans une main, un crayon dans l'autre.

— Mazz... Mazzariol ?, il a dit en examinant ses papiers.

— Oui.

— Couches-culottes.

— Pardon ?

— Vos couches-culottes.

Je me suis redressé comme si une guêpe allait me piquer le nez. Des couches-culottes !, j'ai pensé. « Attendez une seconde. » J'ai couru à la cuisine.

— Papa...

— Qu'est-ce qu'il y a?
— Les couches.
— Pardon?
— Dehors il y a un fourgon avec un monsieur qui dit que ce sont des couches pour nous.
— Des... oh! – Et il a semblé s'illuminer. – Mais bien sûr. Ils ont fait vite. Je ne pensais pas qu'ils seraient aussi rapides. Allons-y.
Il a bondi et il est sorti de la maison. Papa et le type avec la casquette de baseball se sont serré la main. Le type lui a d'abord donné un paquet de feuilles à signer, puis il a ouvert le hayon. Je le suivais de près pour voir, et, quand il a ouvert tout grand:
— Ouah!, j'ai crié d'une voix forte. Par toutes les tétines! Voilà la plus grande provision de couches que j'aie jamais vue!
— Tu en as vu beaucoup?, a demandé avec sérieux le gars à la casquette.
— Plus que vous ne l'imaginez... Papa?
— Oui?
— C'est pour l'école? J'ai demandé ça parce que papa travaillait comme secrétaire dans une école maternelle.
— Non, c'est pour nous.
J'ai éclaté de rire comme s'il avait dit quelque chose de très drôle mais, ensuite, je me suis rendu compte qu'il ne plaisantait pas et mon rire s'est éteint. Je l'ai regardé par en dessous:
— Tu rigoles, pas vrai?
— Non.
— Mais qu'est-ce qu'on va en faire?
Papa a soupiré.
— J'ai bien peur que l'histoire des couches, avec Giovanni, dure longtemps, et il a montré le camion où on voyait un bébé souriant sur la carrosserie. Quand on les achète en gros, on fait pas mal d'économies, alors...
Le gars à la casquette s'est montré à l'arrière du fourgon.
— Vous m'aidez à les décharger?

Ça nous a pris, je ne mens pas, presque une demi-heure, on faisait des allers-retours entre la rue et la cuisine, des cartons à n'en plus finir. Quand le gars à la casquette est remonté fourbu dans son camion et qu'il a disparu, nous les avons transportés de la cuisine au sous-sol, des cartons en veux-tu en voilà. Pendant pas mal de temps, j'ai utilisé les cartons de couches de Giovanni pour me construire des igloos.

Gio, pendant ce temps, grandissait. À sa façon. À son rythme. Mais il grandissait. Et il faisait des progrès pour plein de choses, par exemple pour attraper les objets. Pendant un long, très long moment, son monde s'est divisé entre attraper et lancer. Pas grand-chose d'autre. Jusque-là, il avait été vraiment nul. Je veux dire : pour attraper les objets. Même prendre dans sa main la tétine ou le biberon posait problème. Mais quand, tout à coup, il a compris comment fonctionnait cette affaire de doigts de la main, de pouce opposable, bref, qu'il pouvait s'en servir pour attraper, alors, n'importe quel objet est devenu *attrapable* et donc *lançable*. Nous avons rapidement compris que les deux gestes n'étaient pas distincts : si un objet pouvait être pris, alors il devait être jeté.

Parmi toutes les choses jetables, il avait un faible pour les doudous. Le guépard est devenu un guépard volant, mais nous n'avions qu'une dizaine de doudous à la maison. Et comme pour en attraper un et le lancer, Giovanni mettait, combien de temps ? dix secondes ?, une dizaine de doudous l'occupaient au maximum deux minutes. Et il n'y avait pas grand-chose d'autre à lui faire lancer.

Aussi, un soir, pendant que je faisais fondre du fromage dans la purée de patates, j'ai déclaré :

— Nous avons besoin d'autres doudous. J'ai fait les calculs. Pour l'occuper une demi-heure, il en faut cent quatre-vingts.

Chiara a dit :

— Si chacun d'entre nous lui en offre un à son anniversaire et un à Noël, ça fait dix par an. Nous aurons fini quand il sera majeur.

Papa, qui s'apprêtait à mettre sa cuillère dans la bouche, s'est arrêté net, la main suspendue en l'air :

— Ce n'est pas une mauvaise idée...

— Lui offrir des doudous jusqu'au moment où il commencera à se raser ?

— Non, lui en trouver d'autres.

— Comment ?

— À l'école maternelle. Nous avons des tonnes de vieux doudous. Ils sont dans les réserves, dans des sacs.

— Génial !, je me suis écrié. Recouvrons-le de doudous !

C'est ce qui s'est produit. Quelques jours plus tard, papa est rentré du travail, la voiture pleine de sacs-poubelles noirs. Il est descendu, nous a appelés, nous a demandé de sortir, il a ouvert le coffre et, en écartant les bras comme pour recevoir des applaudissements, il a montré les sacs avec l'air de quelqu'un qui s'attend à voir les doudous bondir les uns après les autres et trottiner, en file indienne, dans l'allée. On a transporté les doudous à l'intérieur et on les a empilés au sous-sol, à côté des cartons de couches. Il y avait de tout. Des éléphants et des lapins, des petits monstres informes et des dauphins. Mais surtout, il y avait des dinosaures. Les premiers dinosaures. Aujourd'hui, pour Gio, du fond de l'océan jusqu'au bout du ciel, rien n'est aussi précieux qu'un dinosaure. C'étaient ses premiers et il est probable que sa passion ait commencé là. Moi, j'étais triste, parce que mon guépard était maintenant perdu dans le tas. Mais je me suis fait une raison. C'est la vie. Les guépards ne sont pas tous éternels.

Ce furent des années de découvertes permanentes. Giovanni était comme un paquet de bonbons, tous différents : tant qu'on ne l'a pas fini, on ne sait pas lequel est le meilleur.

Il y a eu un moment où le faire manger est devenu un défi. On le nourrissait à la cuiller et il recrachait. On ne comprenait pas pourquoi. On finissait toujours éclaboussés par la nourriture de Giovanni et on a dû s'habituer à mettre un tablier avant de lui donner à manger. On n'avait pas forcément des vêtements fragiles à protéger, mais c'était une question de dignité, les gens passaient leur temps à nous faire remarquer que nous avions un crachouillis de bouillie de Giovanni sur le col ou sur l'épaule.

Mais le plus étrange, c'est qu'à chaque repas, un seul d'entre nous, jamais le même – un au hasard, pensions-nous –, arrivait à le faire manger. Jusqu'à ce que nous comprenions que ce n'était pas *un au hasard*. C'était Giovanni qui choisissait celui qui le nourrirait. Si c'était la journée de papa, il recrachait jusqu'à ce que papa s'asseye pour le faire manger. Si c'était la journée de Chiara, personne d'autre ne pouvait y arriver. Et ainsi de suite, à tour de rôle, avec chacun d'entre nous.

On a découvert.

Que, pour l'endormir, il fallait le laisser nous gratter les doigts jusqu'à ce qu'il dégage autour des ongles des petites pellicules avec lesquelles il pouvait jouer.

Qu'il était capable de se faire mal, très mal, mais, même s'il s'était cassé un bras, il aurait suffi de lui faire un bisou pour que tout soit réglé.

Qu'il apprendrait à marcher vraiment très tard, par rapport aux autres enfants, mais, au fond, quelle importance ? Parce qu'au lieu de marcher, il avançait à quatre pattes, d'une étrange façon, comme Mowgli, le cul en l'air et, là, c'était le roi et il était presque plus rapide que maintenant. Quand il n'avançait pas à quatre pattes, il rampait comme une chenille, et il était rapide comme ça aussi.

À la messe, on le laissait dans les premiers rangs, avec sa couche énorme et son cul au plafond. À la fin de l'office, il revenait tout seul dans nos bras, alors que, d'habitude, nous étions assis dans le fond. C'était trop marrant.

L'église l'excitait comme si ç'avait été un Luna Park. Une seule fois il a réussi à rester sage et tranquille : aux obsèques de nonno Alfredo. Il avait deux ans et demi. Il ne lui était jamais arrivé de rester calme et concentré aussi longtemps. Nonno Alfredo vouait à Gio un amour immense comme l'océan. Il s'obstinait à lui lire à voix haute des histoires, assis dans un fauteuil, convaincu que, d'une façon ou d'une autre, il était capable de les comprendre. Quand il était à l'hôpital, il avait demandé aux médecins de l'aider à vivre le plus possible parce qu'il voulait rester encore auprès de Giovanni.

À son enterrement, Gio est resté tranquille tout le temps.

Silencieux.

À l'écoute.

Comme si quelqu'un lui racontait une histoire.

Tous les super-héros font des galipettes

Trois années s'étaient écoulées, j'entrais en CM1 et Giovanni avait été enfin inscrit à l'école maternelle. Pas celle où papa travaillait, une autre. Deux Mazzariol au même endroit, c'était fortement déconseillé.

Pour son premier jour, nous l'avons tous accompagné. On s'est garés devant l'entrée et on est descendus de la voiture. Dans la rue, sur le trottoir, il y avait plein d'enfants qui couraient, hurlaient, tombaient, embrassaient leurs parents, et eux, les parents, parlaient avec les maîtresses, avec les autres papas et les autres mamans.

Pas nous.

Nous étions silencieux comme quand on est face à un plongeur qui se prépare pour se lancer de la plus haute des falaises.

Papa a pris Giovanni dans ses bras, il a fait quelques pas vers le portail. Puis il s'est retourné. Gio avait cette expression inoubliable, ce visage d'homme sage et expérimenté pour qui la maternelle n'est qu'une broutille, des choses comme ça, lui, il en avait déjà vu des tonnes. Dans les bras de papa, Gio allait bientôt entrer à l'école, sa première école. Nous étions là, à le regarder devenir grand, et ça se déroulait sous nos yeux, un peu comme le lever du soleil ou l'ouverture soudaine de certaines fleurs sauvages. Je ne vous cache pas que c'était émouvant de le voir disparaître derrière la porte, se pavanant, habillé de jaune, de rouge, de vert et de bleu, parce qu'on avait décidé qu'on devait tous lui mettre notre couleur préférée pour que, toute la journée, il nous sente près de lui. Giovanni ! Giovanni sans sa couche – il venait d'arrêter de se pisser dessus –, mais toujours avec ses yeux de Chinois, sa nuque plate et ses chaussures orthopédiques dont je me demandais à quoi elles pouvaient bien servir, puisqu'il ne savait toujours pas marcher.

C'était la première fois qu'il passait une journée entière sans personne de sa famille.

Tout ce qu'il avait apporté avec lui, c'était Rainette la rainette.

Je dois avouer que, moi aussi, pendant des années, j'ai eu un ami imaginaire. Il s'appelait Bob. Il était minuscule, haut comme une tige d'herbe, il entrait dans les chambres fermées pour écouter les conversations et jouait des tours à mes copains, en particulier à Antonio. J'avais parlé de cet ami imaginaire avec Giovanni, je lui avais dit qu'il me suivait partout, même à l'école, et que, s'il voulait, je pouvais éventuellement le lui prêter. Mais les amis imaginaires ne l'intéressaient pas. C'est quelqu'un qui aime toucher les choses. Il avait donc décidé que son amie imaginaire mais bien réelle serait Rainette la rainette et qu'il l'amènerait avec lui à l'école, tous les jours. Si par hasard vous vous posez la question, car plusieurs années se sont écoulées depuis ce jour-là et il va désormais au collège, eh bien oui : il va encore à l'école avec Rainette la rainette. Ou c'est peut-être Rainette la rainette qui va à l'école avec lui, on ne connaît pas très bien leur histoire de couple.

Je me souviens quand maman est rentrée à la maison et nous a raconté que Gio avait demandé – elle le savait par les maîtresses – une table et une chaise pour Rainette la rainette. Et aussi, quand il voulait aller aux toilettes, il y allait avec Rainette la rainette. D'autres fois, au contraire, c'était *seulement* Rainette la rainette qui devait aller aux toilettes, Gio voulait bien faire l'interprète puisqu'elle ne parlait pas notre langue. Et le plus invraisemblable, c'est qu'à l'époque Gio non plus ne parlait pas notre langue, à moins que *boutchouguégué*, de loin le mot qu'il utilisait le plus, veuille dire quelque chose.

Les maîtresses avaient dû accepter de faire sortir Gio de la classe une demi-heure avant les autres pour aller à la cantine, afin de lui laisser le temps de parcourir tout seul le couloir. Parce que Gio s'était mis dans la tête d'y arriver par ses propres moyens, comme tous les autres, et pas dans les bras d'une maîtresse. Mais comme il ne marchait pas encore, la seule solution était de lui donner suffisamment de temps pour ramper et avancer à quatre pattes.

Et un jour, voici ce qui arriva. Valentina, la maîtresse qui était censée suivre mon frère sur le chemin de la cantine, avait ouvert la porte et finissait de dire quelque chose à une collègue. Le temps de se retourner, Gio avait disparu. C'était très inhabituel. Non pas qu'il s'échappe, ça arrivait souvent. Mais qu'il ait vraiment disparu. En général, on le retrouvait 2 mètres plus loin, en train de ramper et de se traîner. Comment avait-il réussi à disparaître sans laisser de traces ? Parce que des traces, en général, il en laissait pas mal : un crachat, un coup de langue, une chaussure, un enfant en larmes qu'il avait agrippé et fait tomber, des jouets éparpillés, des casiers renversés. Mais cette fois-ci, *nada*, *niet*, rien dans le couloir, pas même une traînée de morve.

Comme vous pouvez l'imaginer, ce fut le branle-bas de combat à l'école maternelle. Cours suspendus, appel de renforts, tout le personnel à sa recherche. Il fallait le retrouver.

Les maîtresses ont ratissé toilettes, cagibis et poubelles jusqu'à ce que la sonnerie retentisse, il fallait bien qu'elles accompagnent les enfants à la cantine. La directrice était sur le point de décrocher son téléphone. Elle allait appeler notre mère, et la police, lorsque soudain :

— Eh ! Il est là !, a crié Luca, un garçon de la classe des coccinelles.

Luca était très lié à Gio, et il était sincèrement inquiet de sa disparition, si préoccupé qu'il avait fermé les yeux et fait un vœu : que Gio tombe dans son assiette à la place du riz. C'est ce qui arriva. Enfin, on ne peut pas dire qu'il ait atterri pile dans l'assiette de Luca, mais quand la dame de service s'était approchée avec son chariot, sous la nappe, tout en bas, une main avait fait son apparition. Luca avait regardé et il avait vu Giovanni caché dessous.

Ce qui s'était passé : le chariot de la cantine avait été laissé sans surveillance dans le couloir, Gio était monté dedans et, sans éveiller de soupçons – ou en achetant le silence des cuisiniers –, il y était resté, s'était laissé transporter aux cuisines, le temps de charger les plateaux, puis à la cantine. En tout cas, ce fut l'une des plus grandes découvertes de l'histoire de l'école maternelle. Comme Christophe Colomb et l'Amérique. Ou Fleming et la pénicilline. Ou comme George Crum, le cuisinier qui, pour se venger de son patron, avait forcé sur le sel, coupé les pommes de terre en tranches hyperfines, et inventé les chips sans le vouloir. Les mêmes chips que Gio aimait déjà à l'époque par-dessus tout, peut-être même plus que Rainette la rainette. Bref, le chariot était devenu la navette interne de Giovanni. En général, il prenait celui de 11 h 45. S'il le ratait parce qu'il n'avait pas fini de colorier une fiche, par exemple, il sautait dans celui de midi.

En deuxième année de maternelle, l'année de l'invention du chariot-navette, Giovanni a commencé à dire des mots dotés de sens, à mieux parler et à éliminer ses célèbres *boutchouguégué*. J'étais convaincu que ce n'était pas une coïncidence : pendant la demi-heure où il sortait de classe pour aller à la cantine, il devait advenir des choses extraordinaires qui permettaient d'apprendre aux enfants à parler de manière compréhensible.

Ce qui n'est pas advenu, par contre, c'est qu'il se laisse convaincre de participer au spectacle de fin d'année. Gio était terrorisé par ce spectacle, qui est tout de même un des piliers éducatifs des années de maternelle. Il était surtout terrorisé par le public, cette masse bouillonnante de parents, grands-parents, frères et sœurs armés de caméras et de téléphones portables. Il n'y avait pas moyen de le convaincre de chanter avec les autres, et quand il était sur scène, il finissait toujours par s'échapper au bout d'un moment. Il déclenchait un immense bazar, faisait pleurer les petites filles et, au grand mécontentement des parents, des grands-parents, des frères et des sœurs, interrompait le spectacle que toute la classe avait préparé depuis des mois.

Une seule fois, les maîtresses ont réussi à convaincre Gio de rester assis, immobile, au dernier rang. Elles avaient passé un marché avec lui. D'après ce qu'on a compris, il avait le droit de ne pas chanter et de se taire, à condition de ne pas s'enfuir. Gio n'était pas encore à l'école élémentaire, mais il négociait déjà comme un *broker* de Wall Street. Il a toujours eu un sixième sens pour les affaires.

Je me souviens qu'avant le spectacle, les maîtresses nous ont pris à part, nous les Mazzariol – maman, papa, Chiara, Alice et moi. C'était comme une réunion secrète, un mélange entre le temps mort au basket et ces rituels de groupe où on met ses mains au milieu et où on les lève vers le ciel en hurlant un cri de ralliement.

— Écoutez, elles nous ont dit, ça nous a pris un temps fou de le convaincre. Maintenant, s'il vous plaît – et en disant cela, je vous jure, elles en avaient les larmes aux yeux –, allez-vous asseoir au milieu, avec les autres parents, ne le saluez *absolument pas* et ne vous faites *absolument pas* reconnaître. Car, sinon, vous le savez bien, dès qu'il va vous voir, il va bondir pour vous rejoindre, et nous ne pourrons plus le convaincre de revenir sur scène. C'est bien compris ?

Nous avons hoché la tête, dans un silence à la fois religieux et militaire.

— Nous serons invisibles, a dit papa.

On a fait comme les maîtresses nous avaient dit, on est allés s'asseoir exactement au centre de la salle, noyés dans la masse des autres parents. Sauf papa. À l'époque, il avait ce ventre genre cinquième mois de grossesse: s'il s'était installé au milieu, il n'aurait jamais pu ressortir sans faire lever toute la rangée, et Gio l'aurait vu. Alors, il nous a dit d'y aller, il préférait rester au fond, ou sur le côté. On a vu papa s'éloigner, avec sa tenue orange et son bermuda. Je savais que deux minutes après, il serait en train de jouer à chat perché avec les frères et les sœurs des enfants de la maternelle, qui se fichaient complètement du spectacle. Au fond, c'était un enfant, comme eux, et il se moquait éperdument de certaines mises en scène, j'entends par là celles auxquelles la société nous demande souvent de nous soumettre. Mais ça, c'est une autre histoire.

À un certain moment, les enfants sont entrés par la porte latérale et se sont alignés sur la scène. Gio, inconscient des stratégies planifiées derrière son dos, est allé s'asseoir au dernier rang, comme on lui avait dit.

Le spectacle a commencé. On gardait les yeux rivés sur Giovanni, en retenant notre respiration, et pendant ce temps-là il regardait autour de lui, perdu dans quelque pensée mystérieuse. Tout allait pour le mieux. Les chansons se suivaient les unes après les autres, on en était déjà à la cinquième ou à la sixième, sans aucune fausse note. Et soudain, pendant un refrain, comme attiré par une sorte d'onde magnétique, sans raison, Gio a levé le regard et, à croire qu'il avait enfilé un viseur à rayons X, il a traversé des yeux les têtes des parents, des grands-parents, des frères et sœurs et... il m'a vu. Moi qui, désormais, étais convaincu d'être invisible, je ne faisais plus trop attention, il m'a pris de court. Il m'a vu, m'a accroché de ses yeux de Vénusien, et... j'ai été incapable de résister, j'ai levé la main et je lui ai montré mon pouce. C'est tout. Juste le pouce. Je ne voulais pas lui faire coucou. Je voulais l'encourager, lui dire: Tout va bien, continue comme ça. Trop fort!

Je n'ai même pas eu le temps de baisser la main qu'il s'est levé et a démarré à fond la caisse dans notre direction. Dès que je l'ai vu enjamber le premier rang d'élèves qui s'étaient mis à chanter et à se balancer comme tous les enfants quand ils chantent, les mains croisées derrière le dos et le regard innocent, ravi, dès que je l'ai vu partir à la charge, j'ai compris ce que j'avais fait.

Gio, qui avait maintenant cessé de ramper ou d'avancer à quatre pattes, a commencé à passer par-dessus les gens, d'une façon qui tenait à la fois de la marche, de la course et de la roulade. La foule s'est ouverte, des gens se sont levés, des chaises ont été écartées. C'était Moïse libéré de l'esclavage du spectacle qui courait vers sa famille. Et tandis qu'il nous sautait dessus pour nous embrasser, et que nous, embarrassés et émus, nous nous agrippions tous à lui, un chant solennel s'est élevé de la scène.

Du coin de l'œil, je me suis aperçu que tout le monde nous regardait. Quelqu'un a même arrêté de filmer ses propres enfants et a tourné sa caméra vers nous. Une femme âgée a porté les mains à sa poitrine, et en a sorti un mouchoir pour s'essuyer les yeux. J'aurais voulu m'enfoncer dans le sol et ne plus jamais en ressortir, je me sentais suffoquer de honte. C'est à ce moment-là que papa, qui était encore occupé à jouer à chat perché au fond de la salle, s'est aperçu de ce qui venait de se passer et s'est lancé lui aussi dans la foule, en faisant, si c'était possible, encore plus de bazar que son fils. Il nous a rejoints et s'est écroulé sur nous comme une avalanche. J'étais si concentré à ne pas suffoquer sous son poids, ne pouvant plus me permettre de suffoquer de honte, que je me suis senti comme libéré.

Le spectacle s'est terminé. Tout de suite après la première volée d'applaudissements, les enfants, inspirés par Gio et pris d'un grand élan d'amour, ont couru embrasser leurs parents comme s'ils ne les avaient pas vus depuis des années. Ce fut donc par notre faute ou, si vous voulez, par ma faute, que le spectacle s'acheva dans une catharsis collective, baignée par des torrents de larmes.

Je ne pense pas remettre un jour les pieds dans cette école maternelle.

Pour être parfaitement précis, la peur des spectacles et du public n'était pas la seule peur de Gio. Il avait peur de tant d'autres choses.

Du Père Noël, par exemple.

Je sais, je devine votre question : comment peut-on avoir peur du Père Noël ? Moi, pour commencer, vers onze, douze ans, j'y croyais encore, au Père Noël. Si j'avais vu entre les mains de ma mère ma lettre au Père Noël – et il y en a plusieurs à qui c'est arrivé –, plutôt que de cesser de croire en lui, j'aurais cessé de croire en l'existence de ma mère. Non mais, c'est vrai : le petit gros écarlate est le seul à faire des cadeaux sans rien demander en retour. Saint Nicolas veut que tu sois sage, sinon, c'est le coup de bâton. Le Père Noël, non. Il ferme toujours les yeux. Une année, par exemple, il m'a apporté un cadeau alors que deux jours avant j'avais planté un stylo dans la main de mon meilleur ami, Andrea, qui m'avait dénoncé parce que je lui avais demandé la solution au contrôle de maths (ce qui n'était pas faux mais, ça aussi, c'est une autre histoire).

Nous nous sommes aperçus que Gio avait peur du Père Noël quand nous avons découvert qu'il essayait tous les ans de l'étouffer ou de le faire trébucher. Tous les 25 décembre, dans la tasse de café au lait qu'on laissait sur le rebord de la cheminée, on trouvait un petit soldat, un animal en plastique ou une petite voiture, mis là exprès pour qu'on ne les voie pas, pour que le Père Noël l'avale et s'étrangle. C'était comme ces billes de toutes les tailles qu'on trouvait disposées par terre à côté de la fenêtre ou dans les endroits où pouvait passer le Père Noël.

Les peurs de Gio étaient nombreuses et étranges. Il montait les escaliers de notre maison, mais pas ceux du jardin, et jamais les escalators. Je ne parle même pas de l'escabeau qu'on utilise pour aller chercher les affaires au-dessus des armoires.

Si on l'asseyait sur une table, il se mettait à pleurer puis se jetait à plat ventre par terre et se faisait mal. Debout sur la table, par contre, pas de problème. À la mer, quand il se baignait, il attendait que papa le transporte jusqu'à sa serviette de bain pour prendre du sable et s'en mettre partout sur la poitrine et même sur la tête, mais il ne fallait surtout pas qu'il marche dessus car son problème, c'était toucher le sable avec les pieds, pas le sable en lui-même. L'herbe, ensuite. L'herbe était l'ennemie numéro un de Giovanni. Impossible de le convaincre d'y marcher, à moins d'avoir un doudou à récupérer, auquel cas il oubliait sa peur. Il détestait le public, mais quand il avait quelque chose à dire, il voulait l'attention de tous. En revanche, il n'avait aucune des peurs classiques, ni du noir, ni des monstres, ni des insectes.

Mais il avait peur des objets minuscules.

C'est peut-être pour ça qu'il les mettait dans le café au lait du Père Noël.

Le fait est que Giovanni était vraiment bizarre. Et plus je grandissais, moins j'en comprenais la raison. J'avais l'impression d'être redevenu petit, quand je demandais à mes parents une explication pour chaque situation.

— Pourquoi les gens se font la guerre ?

— Parce qu'ils ne s'aiment plus.

— Pourquoi ils ne s'aiment plus ?

— Parce qu'ils se disputent.

— Et pourquoi on se dispute ?

— Parce qu'on a des idées différentes.

— Et pourquoi on a des idées différentes ?

— Parce que nous sommes tous différents.

— Et pourquoi ?

— Parce qu'autrement, ce serait moins drôle.

J'ai posé à mes parents le même genre de questions sur Gio, sur les limites de Gio, qui me semblaient aussi réelles et tangibles que ma tartine de Nutella au goûter. Mais les questions, c'était surtout à moi que je les posais. Les causes ne m'intéressaient plus, c'était du passé. Je me souciais plutôt de l'avenir de Gio. Lui qui n'arrivait pas à apprendre les nombres, comment ferait-il pour payer chez le boulanger ? Lui qui avait mis tant d'années pour apprendre à parler – et parlerait mal toute sa vie –, comment ferait-il pour écrire ? S'il ne savait ni compter ni écrire, il ne trouverait jamais de travail. Je me demandais pourquoi il avait mis des lunettes si tôt : aucun autre enfant n'en portait. Je me demandais pourquoi il n'écoutait rien, pourquoi il ne comprenait rien.

Pis encore, et c'est ce qui me bouleversait le plus, il ne pourrait jamais faire de galipettes.

Je l'ai découvert le jour où maman m'a dit que Gio avait le cou fragile.

— Pourquoi il a le cou fragile ?

— Parce qu'il est né comme ça.

— Et pourquoi ?

L'espace d'une seconde, j'ai repensé à toutes les galipettes que j'avais faites, vraiment toutes, et à toutes celles que j'avais projeté de faire avec lui. Alice et Chiara aussi se plaignaient. Bon sang, on ne pouvait rien faire avec Gio. Mais pour elles, ce n'était pas très grave, elles n'avaient pas à se bagarrer avec lui. Alors que moi, oui. Et souvent. Je ne pouvais tout de même pas continuer à me bagarrer avec papa, qui se cantonnait à la prise du homard – certes amusante, au début, mais assez prévisible quand on comprenait qu'elle consistait à rester assis en ouvrant et en fermant régulièrement les jambes.

Donc, pour moi, la nouvelle était sérieuse, dramatique. J'en suis resté baba. Encore un autre truc que je n'aurais pas le droit de faire avec mon frère. Et il envoyait valser la Nintendo. Et il mettait les petites voitures dans sa bouche. Et avec les doudous c'était la même chose. Et on ne pouvait pas se bagarrer. Et il avait peur de l'herbe. Mais bon sang, je pensais, tous les super-héros font des galipettes. C'est quoi, un super-héros comme ça ?

Je commençais à douter qu'il le soit.

Je commençais à me dire que, ses pouvoirs spéciaux, je ne les aimais pas du tout.

Un après-midi d'automne, j'ai glissé un film de famille dans le lecteur DVD. Je cherchais quelque chose de bien précis. Soudain, sur l'écran de la télé, me voilà. Je dois avoir trois ans. Je me tiens à côté de mon vélo, papa a enlevé les petites roues. Je serre le guidon, je grimpe dessus, on dirait que j'enfourche une Harley-Davidson. La route est accidentée comme il faut, ce qui rend l'exercice plus difficile. Je porte un casque. Papa est derrière moi, par sécurité, mais je sais déjà que ça ne servira à rien. Je me tiens en équilibre juste ce qu'il faut pour partir et je pousse sur les pédales. Je bouge. Je fais un mètre. Puis encore un. Je perds le rythme de la pédale, je bascule, je manque de tomber. Eh non, je retrouve mon équilibre. Une dernière hésitation, et me voilà parti, fièrement, vers l'infini et au-delà. J'ai réussi. À trois ans, je suis maître de la route, du vélo et des lois de la dynamique.

C'est pour ça que maman avait fait cette vidéo. Pour faire durer cette sensation.

Je me suis levé et j'ai éteint la télé.

— Tu as vu, Gio ? Tu as vu ?

Giovanni était allongé à plat ventre sur le tapis, le menton dans les mains.

— C'était ton frère à la télé, je lui ai dit. Tu me comprends ? C'était moi. J'étais un peu plus petit que toi. Tu as vu comme j'étais fort ? Je me baladais déjà sans les petites roues. Alors que toi ? Quand est-ce que tu apprendras à faire du vélo sans les petites roues ? C'est pourtant simple, bon Dieu, il suffit de bouger les jambes. Je ne comprends pas pourquoi tu n'y arrives pas. Mais t'inquiète, je t'apprendrai. En attendant, je te remets la vidéo, OK ?

Gio me regardait d'un air suffisant.

Je lui ai répondu d'un regard débordant d'amour fraternel.

— On s'en fout, si tu ne parles pas bien, Gio. On s'en fout si tu ne sais pas compter, on trouvera des solutions. On se fout de plein de trucs. Mais le vélo, au moins ça, Gio.

Mon délire éducatif a été interrompu par la sonnette d'entrée. Je suis allé ouvrir. C'était nonna Piera qui nous apportait des haricots pour le dîner. J'ai repassé la vidéo où j'apprenais à faire du vélo encore deux fois, ou un peu plus peut-être, je ne saurais dire. En tout cas, pas plus d'une dizaine de fois. Quelqu'un m'avait affirmé qu'on pouvait apprendre rien qu'en regardant les autres.

Maman est venue nous annoncer que le dîner était prêt.

Le couvert était déjà mis. Dans les assiettes, il y avait des haricots et de la viande. L'assiette de Gio était facile à reconnaître, c'était celle avec la nourriture coupée en petits morceaux. Ce soir-là, Chiara s'en était occupée. Depuis que Gio avait failli mourir à cause d'une saucisse de Strasbourg, on s'était partagé la responsabilité de réduire en charpie tout ce qu'il devait ingurgiter. On était si rigoureux que tout objet abandonné dans la zone de découpe passait au laminoir.

Rien ne nous échappait.

Pour rien au monde on n'aurait permis que ça se reproduise.

Gio avait toujours eu de gros problèmes de digestion.

Petit, il lui arrivait souvent de vomir ce qu'il mangeait. Il était vraiment malade. À force, il avait compris que pour vomir il fallait courir aux toilettes, soulever le couvercle et se pencher au-dessus de la cuvette. Parfois c'était juste une envie, mais il partait quand même vite fait, s'agenouillait sur les waters et restait là, à faire semblant de lécher l'eau, jusqu'à ce que ça passe, ou qu'il vomisse vraiment.

Ce problème lui a valu d'être opéré plusieurs fois de l'estomac.

L'affaire de la saucisse s'était produite au déjeuner. On était à table. Tous sauf papa, qui était à son travail. Chiara était en train de parler d'un camarade de classe qu'elle aimait bien, Alice, qui avait commencé la danse, était tout euphorique, maman avait rencontré quelqu'un qui lui avait dit quelque chose de drôle. Toutes les trois parlaient en même temps, et moi, qui n'avais rien à dire, j'écoutais tranquillement.

Bref, on était tous plongés dans nos histoires. On ne pouvait tout de même pas surveiller Giovanni en permanence, non mais sans blague ! Il y avait bien des moments où personne ne s'occupait de lui.

Mais on aurait dû.

Parce que Gio, pendant qu'on parlait, avait attrapé un bout de saucisse de Strasbourg un peu trop grand pour sa gorge, un foutu bout de saucisse qui était arrivé, va savoir comment, à portée de ses doigts, et il l'avait mis dans sa bouche. Ce petit morceau de saucisse avait glissé dans sa gorge, menaçant. Un peu comme à un concert quand un type géant et suant s'installe juste devant vous ; vous ne voyez plus rien, et comme vous êtes compressé par la foule, peut-être même que vous commencez à manquer d'air. C'est ce qui est arrivé à Gio, il a arrêté de respirer.

Un mince sifflement vénéneux nous fait nous retourner. Giovanni devient déjà violet. On se lève d'un bond. Maman hurle de désespoir, elle essaie de le secouer pour faire sortir de sa gorge ce quelque chose dont nous ignorons encore la nature. Moi, effrayé, j'attrape le téléphone fixe pour avertir papa, tandis que maman, qui a tout essayé et ne sait plus quoi faire, se jette sur son portable pour demander à Nelly, une de ses amies et aussi notre voisine, de l'accompagner aux urgences.

Tout devient noir.

Chiara et Alice pleurent. Je me souviens de la panique. Je me souviens d'avoir compris le sens de ce mot pour la première fois. Je me souviens de maman qui pleure avec Giovanni dans les bras. Il ne respirait plus, il avait l'air d'un mort. Je sentais la mort autour de moi. Tout autour. Dans la cuisine, sous la table, dans le frigo, dans le pain, le fromage, et surtout dans le morceau restant de cette maudite saucisse : la mort était partout.

Puis Nelly est arrivée, maman a couru dehors. Par chance, l'hôpital n'était pas loin. Il était même très près. J'ai compris pourquoi on avait déménagé à côté de l'hôpital. Mes parents avaient été tellement malins de prévoir tout ça.

Je ne sais pas ce qui s'est passé après.

J'ai encore du mal aujourd'hui à m'imaginer ce que maman a dû ressentir.

Quoi qu'il en soit, au bout d'une demi-heure le téléphone a sonné. C'était maman qui nous appelait pour nous tranquilliser, nous dire que tout était réglé, Giovanni allait bien. Ils allaient le garder pour des examens, mais il s'en remettrait parfaitement. Et c'est ce qui s'est passé, autrement on n'aurait pas pu continuer notre histoire.

Mais pendant cette demi-heure, je me souviens que notre maison est devenue sombre, froide comme de la pierre. Chiara, Alice et moi, nous étions restés seuls, en silence ; personne n'osait parler, comme si une parole malheureuse pouvait avoir des effets irréparables. Chiara enserrait Alice, Alice enserrait Chiara, et j'enserrais le radiateur. On aurait dit qu'on attendait la tempête qui nous emporterait.

Tout était arrivé si vite.

Avant ce jour, je pensais que le silence était l'absence de bruit. Alors que le silence est un son et que tous les silences ne se ressemblent pas. Pendant cette demi-heure, le silence m'a parlé, il m'a dit que Gio avait besoin de moi, qu'il avait constamment besoin de moi. Et j'ai compris que sans Gio, désormais, je ne voulais plus être de ce monde. Ses problèmes étaient les miens. Et mes problèmes à moi ? Je m'en occuperais tout seul, sans déranger. Je trouverais une solution. Du moins, je l'espérais.

À partir de ce jour, Gio n'a plus voulu aller à l'hôpital, il a commencé à être terrorisé par les docteurs. Mais sa vie est une constellation de visites à l'hôpital et on ne peut pas y couper. Maman est la seule qui réussisse à comprendre quelque chose dans toute la paperasserie des dossiers médicaux de Giovanni. Chez nous, on aime bien dire que papa est le moteur, les enfants les roues et maman le carburant ; et pendant ce temps-là, Gio se marre, avachi côté passager, écoutant de la musique en boucle – dernièrement et exclusivement : *Mica Van Gogh* de Caparezza.

Je me souviens, quand Gio était plus petit, maman disait toujours qu'elle devait l'accompagner un peu partout, à la physiothérapie, à la musicothérapie, à la machinothérapie. Les noms étaient difficiles à comprendre mais ils se terminaient tous en *-ie*, alors quand j'entendais maman crier depuis la porte d'entrée : « Je pars en machinothérapie », je savais que ça concernait Gio.

Maman ferait n'importe quoi pour nous.

Maman a renoncé à son diplôme universitaire, alors qu'il ne lui restait que deux matières, pour s'occuper de sa famille.

Maman lave, repasse, nettoie, range, cuisine, et les rares fois où nous ne trouvons pas le déjeuner sur la table en rentrant de l'école, c'est qu'il est prêt dans le frigo, ou dans le four, ou dans une casserole. Maman est une entrepreneuse. Elle investit tous les jours sur nous. Elle n'investit pas de l'argent, mais du temps, des heures, des secondes. De la vie. C'est aussi parce qu'il n'y a pas beaucoup d'argent à investir chez les Mazzariol.

Mais on ne s'en est jamais vraiment aperçus. Enfin, nous les enfants, on s'en est jamais aperçus. Parfois, je me mets à imaginer la quantité de soucis qui a dû assombrir l'esprit de nos parents, toutes ces années. Et si ces nuages étaient porteurs de pluie, on ne l'a jamais su : on n'a pas reçu une goutte.

Maman et papa se sont toujours pris la pluie pour nous.

Bref.

Comme je vous le disais, la vie de Giovanni est une constellation de visites à l'hôpital. Par exemple, tous les ans, il faut aller faire évaluer son niveau de handicap. C'est un test sous forme d'entretien ; sur la base des réponses de Gio, les docteurs établissent son degré d'autonomie, et donc les aides sociales.

En gros, ce test est le seul moment où Gio devrait faire ce qui lui réussit le mieux : le bordel.

Je l'ai accompagné moi aussi, une fois. Le docteur avec qui nous avions rendez-vous devait décider du montant de l'allocation d'invalidité, ce qui, vous l'aurez compris, avait une certaine importance.

Nous sommes entrés dans le cabinet. Le docteur nous a salués. Je me suis assis sur un petit canapé dans un coin, pour ne pas déranger. Maman et Gio étaient devant le médecin. On aurait dit un entretien d'embauche, et au fond c'en était un : le résultat de l'entretien déterminerait son entrée dans la confrérie des Invalides et l'accès à la pension qui en découlait. Maman était la plus agitée de nous tous. Elle tenait fermement l'épaule de Giovanni, comme le ferait un entraîneur de boxe au coin du ring.

Le docteur a examiné en silence les papiers des tests et des visites précédentes. Il marmonnait et faisait de drôles de grimaces avec ses lèvres, qu'on essayait d'interpréter à la manière des devins. Puis il a levé la tête et il a dit :

— Bien, encore une question ou deux.

Il a pris deux petits bouts de papier cartonné sur lesquels étaient imprimés des dessins : sur le premier il y avait des flammes, sur l'autre un ballon.

— Lequel tu ne dois pas approcher ?, il a demandé.

J'ai soupiré de soulagement. Giovanni adorait le feu. S'il le voyait, il devenait incontrôlable et s'en approchait le plus possible.

Gio a regardé le médecin. Puis il a regardé les dessins. À nouveau le médecin. À nouveau les dessins. Il s'est gratté le menton pour réfléchir. Il a sorti son index et il a indiqué : le feu.

Sérieux ?, j'ai pensé. Mais non ! Mais pourquoi ?

Le docteur a hoché la tête, satisfait. «Bien, il a dit. Très bien.» Il a rangé ses dessins et il en a pris deux autres sur lesquels étaient dessinées des figures humaines: une masculine et une féminine.

— Tu es un garçon ou une fille?, il a demandé.

Super!, j'ai pensé. Depuis des années on essayait de lui expliquer, sans succès.

Gio a regardé le médecin. Puis il a regardé les dessins. À nouveau le médecin. À nouveau les dessins. Il s'est gratté le menton pour réfléchir. Il a sorti son index et il a indiqué: garçon.

Sérieux? J'étais en train de rêver? Je savais qu'il ne le savait pas, il avait eu un grand coup de bol. Il en avait indiqué un au hasard: il n'y avait aucune autre explication.

Le sourire sur le visage du docteur devenait de plus en plus large.

— Tu as quel âge?

Aucun risque avec celle-là. Dans ses calculs, il s'était arrêté à trois ans.

Il a fait sept avec ses doigts.

Maman est devenue blême.

— Vraiment?, elle a dit, étonnée.

— Il s'est trompé?, a demandé le médecin. Il me semble que c'est ça. – Et il a commencé à fouiller dans ses papiers.

— Non, non. C'est bien ça, en effet. C'est que...

Le médecin a sorti du tiroir un stylo et une feuille sur laquelle il y avait deux cercles noirs.

— Relie les deux formes, a-t-il demandé. – À la maison, si on avait donné à Gio une feuille, tu penses, qu'il aurait relié les deux formes! Il aurait plutôt commencé à gribouiller partout en la remplissant de chaos, genre explosion. Là, il a posé le stylo sur le premier cercle et, tout droit comme s'il avait eu une règle, il l'a relié à l'autre.

Puis le médecin a pris deux feutres.

— Maintenant, tu vas utiliser le feutre rouge pour colorier le rectangle rouge et le vert pour colorier le rectangle vert.

Gio lui a obéi comme s'il n'avait jamais fait autre chose dans la vie.

La situation a dégénéré au point que Gio et le médecin ont commencé à se lancer des vannes, à rire et à se taper du coude : on aurait dit qu'ils s'étaient mis d'accord. Ce qui a eu pour conséquence d'augmenter le score dans la section Socialisation. Il y avait de quoi être sous le choc. Maman et moi, on échangeait des regards désespérés ; plus les secondes passaient et s'accumulaient les questions, plus l'argent de la pension s'éloignait.

Jusqu'au moment où le docteur a levé le regard et nous a dit :

— Écoutez, madame, à mon avis vous n'avez besoin d'aucune aide. Votre enfant, malgré le retard constaté, est parfaitement autonome. Bravo. Vous faites un excellent travail avec lui. Continuez comme ça.

On voyait bien qu'en disant cela, il était persuadé de nous faire plaisir.

La mort de Marat

À certains moments, le temps est une tortue sur le sable. À d'autres, c'est un guépard dans la savane, toujours prêt à dévorer ta vie. J'ai traversé mes deux premières années de collège de cette façon-là. J'ai à peine eu le temps de reconnaître son pelage beige et tacheté que je me suis retrouvé catapulté en dernière année.

Du collège, je me souviens de cette fois où on a dégommé Mme Defelice d'un coup de sarbacane. Du jour où Andrea Marongiu s'est accroché au radiateur avec du scotch et y est resté jusqu'à ce qu'il réussisse à convaincre Mme Stasi de lui faire recommencer le contrôle. Du jour où je me suis enfermé dans l'armoire pour en sortir cinq minutes plus tard, aux pieds de Mme Pidello, la prof d'arts plastiques, en criant : « Madame, Narnia est trop belle ! »

À part ça, pas grand-chose d'autre.

Toujours en supposant que vous n'accordiez pas d'importance au fait d'avoir caché à mes copains que j'avais un frère, un frère du nom de Giovanni.

Pas dans le genre : tu ne m'as rien demandé, je ne t'ai rien répondu. Non, vraiment du genre : « Vous êtes combien dans ta famille, Giacomo ? – Cinq. – Tu as des frères ou des sœurs ? – Oui, bien sûr. J'ai deux sœurs. – Veinard, entouré de filles... – Eh oui ! »

Voilà, comme ça.

Au cours de ces trois années, la relation entre Gio et moi avait complètement changé. Plus exactement, ce n'est pas le rapport entre lui et moi qui avait changé mais le rapport entre lui, moi et le monde. À l'école primaire, je n'avais jamais eu de problème à laisser Gio envahir le territoire de ma vie occupé par mes copains d'école, mes amis et, en général, tout ce qui était extérieur à la famille. Au collège, par contre, c'était devenu un problème. Gio n'était plus mon petit frère aux pouvoirs spéciaux, il était tout à coup devenu un extraterrestre, quelqu'un dont le comportement était source de gêne, quelqu'un d'incompréhensible et pour lequel il faudrait tout le temps se justifier.

À cette époque de ma vie, dans ma bande, le seul au courant de l'existence de Gio était Vitto. Mon meilleur ami, un copain de l'école primaire que j'avais continué à voir, même si on s'était inscrits dans des collèges différents. Je n'avais pas réussi à le dire à mes nouveaux amis du collège, pas même à Arianna. Arianna, qui depuis le premier jour de sixième, exerçait sur moi la même force gravitationnelle qu'une planète sur ses satellites : elle, la Terre, moi, la Lune. Je l'avais caché, même à elle, malgré ses yeux, malgré son sourire, malgré nos mêmes goûts musicaux.

Pourquoi je ne le disais à personne ?

Rationnellement, je n'aurais pas su l'expliquer.

Instinctivement, je savais que cela pouvait être... dangereux.

J'étais donc arrivé en dernière année presque sans m'en rendre compte. Mais je me suis aperçu dans les tout premiers jours de classe que ça allait être une année différente des autres quand, dans la cour, à la fin de la journée, pendant que j'étais occupé à détacher mon vélo, Pierluigi Antonini, dit Pierpif, s'est approché de moi : *Pier* de Pierluigi et *pif* à cause de son nez, long comme un échangeur d'autoroute, et aussi parce que ce nez, il le fourrait partout. Pierpif, tout le monde le détestait.

On était en septembre, le premier mois de l'année scolaire, le mois où il ne se passe rien, le mois où on porte encore sur soi l'odeur de l'été, de la plage, de la crème solaire, et où ceux qui osent commencer à parler du brevet mériteraient d'être attachés à un arbre, recouverts de miel, et donnés en pâture aux fourmis.

Un de mes mois préférés, pour être franc.

Et ce jour-là, comme un nuage devant le soleil, se pointe Pierpif. J'étais penché, en train de manipuler le cadenas de la Fosca, mon vélo, bloqué comme d'habitude, et, jetant un coup d'œil vers l'entrée, je l'ai vu arriver. Je me suis demandé où il pouvait bien se diriger : d'habitude, ses parents venaient le chercher en voiture, juste au pied des marches, alors qu'il habitait à deux pâtés de maisons. Il n'avait pas de vélo, il ne savait même pas en faire. Je n'ai pas pensé une seconde qu'il se dirigerait vers moi : a) parce qu'on se connaissait à peine, et b) parce que j'aurais préféré me passer un tutu et danser devant le collège plutôt que de lui parler.

J'avais faim et je maudissais mon cadenas, alors quand je l'ai vu à côté de moi en relevant les yeux, sur le coup ça m'a plus décontenancé qu'autre chose. J'ai regardé autour pour m'assurer que personne ne nous espionnait. Heureusement, mes copains avaient déjà pris le large.

— Salut, Giacomo, il a dit de sa voix nasillarde et mielleuse à la fois.

J'ai remarqué qu'il portait une petite écharpe entre le violet et le marron et un petit pull en laine. Moi, j'étais en tee-shirt et j'avais déjà trop chaud comme ça. J'ai fait semblant de rien.

— Il faut que je te dise quelque chose, il m'a dit.

J'ai soufflé pour lui faire comprendre que je n'avais pas envie.

— Qu'est-ce que t'as, Pierpif ? Je dois rentrer chez moi, je n'ai pas le temps.

— Ce sera rapide. C'est à propos de ton frère.

J'ai cligné des yeux, je me suis essuyé le front et me suis relevé, laissant les clés accrochées au cadenas de la Fosca.

— Mon frère ?

— Oui.

— Quel frère ? Qu'est-ce que t'en sais ?

— Mon petit doigt m'a dit...

Je détestais ceux qui commençaient avec « mon petit doigt m'a dit », ces foutus petits doigts savaient des choses qu'ils n'auraient pas dû savoir. J'aurais bien coincé quelques-uns de ces petits doigts dans les portes du collège, tiens.

— ... Mon petit doigt m'a parlé de la maladie de ton frère.

Je suis resté bouche bée. Comme un poisson. Ses mots avaient atteint mon cerveau en une nanoseconde, mais il m'avait fallu une demi-minute pour les comprendre.

— Primo, j'ai répondu quand j'en ai trouvé la force, ce n'est pas une maladie. – Les mots tombaient de mes lèvres comme des cailloux. – Secundo, ça ne te regarde pas.

Pierpif a rajusté sa petite écharpe, esquissé un sourire entendu, plissé le nez, et j'ai imaginé que c'était exactement l'expression qu'il avait en classe quand il levait la main pour dire que, bien sûr, il connaissait la date de la mort de Marat.

— Si, c'est une maladie, il a dit, et comment que c'en est une. Je me suis documenté. Tu sais, sans vouloir me vanter, je suis le plus fort pour les recherches.

— Pour t'occuper des fesses des autres aussi, on dirait.

— Enfin, quel malheur, il a continué, comme si je n'avais rien dit. Je suis vraiment désolé pour toi.

— ...

— Surtout – et il a pris un air contrit –, ce qui me désole, c'est cette histoire qu'ils ont une vie courte. Ou du moins, c'est ce que j'ai lu...

Je l'ai regardé comme on regarde un fakir avaler un sabre : j'étais tellement abasourdi par ses mots que je n'ai même pas trouvé la force de lui casser la gueule.

— Tu dois le savoir toi aussi, non ? Je veux dire, puisque tu es son frère. Tu sais que tous les gens *comme ça...* – et il l'a dit en papillonnant avec ses mains – ont peu d'années à vivre, qu'ils tombent souvent malades. Et gravement.

— ...

— Il ne pourra même pas fonder une famille, il n'apprendra jamais à vivre tout seul.

Il a dit cela d'un air triste, si bien qu'on pouvait se demander s'il était vraiment méchant ou simplement très bête.

— Bon, allez, transmets-lui tous mes vœux, OK ?

À cet instant, il m'a fait une petite tape sur le bras, a tourné les talons et, en marchant de travers, s'est dirigé vers la rue.

Pendant quelques instants, je n'ai pas bougé. Avait-il vraiment dit ce qu'il avait dit ? Tremblant de rage, j'ai attaqué le cadenas qui, par magie ou par sympathie à mon égard, a décidé de s'ouvrir. J'aurais voulu sauter sur la Fosca, rejoindre Pierpif et lui passer sur le corps. J'ai réfléchi aux raisons de ne pas le faire : le mot dans le carnet, la note de vie scolaire, la plainte de sa famille. *Je m'en bats les couilles.* Je suis monté en selle, j'ai pris mon élan, j'ai pédalé le plus vite possible pour le rattraper et je l'ai rejoint une seconde avant qu'il tourne dans la ruelle, juste après le portail, et... je l'ai évité. Volontairement. En partant sur les chapeaux de roue. Je l'ai à peine frôlé. Il s'est retourné en poussant un cri comme une fille à qui on aurait soulevé la jupe et j'ai foncé droit vers la maison. Sans me retourner.

J'ai enfreint toutes les règles du code de la route. Par miracle, je n'ai pas eu d'accident. Peut-être que le destin voulait m'empêcher de rater le contrôle d'histoire des arts du lendemain, ou peut-être avait-il jugé que la rencontre avec Pierpif était un incident suffisamment grave comme ça.

Arrivé à la maison, j'ai ouvert le portail et balancé la Fosca dans le porte-vélos. Ce vélo n'était même pas à moi, à vrai dire. Un collègue de mon père nous l'avait offert, disant qu'il était trop petit pour lui, mais ça faisait minimum vingt ans qu'il avait arrêté de grandir : il lui avait fallu vingt ans pour comprendre que son vélo était trop petit ?

Je suis entré dans la cuisine d'où se répandait un très intense parfum de basilic. Le basilic voulait dire le pesto et le pesto voulait dire nonna Bruna.

— Salut, nonna, j'ai dit, sans vérifier si elle était là.

— Salut, Giacomo, je t'ai préparé le...

— ... pesto... oui, merci...

J'ai lancé mon sac à dos derrière la porte et mon blouson sur le portemanteau. L'armoire à chaussures construite par papa était vide, ça voulait dire que j'étais le premier de la famille. J'ai poussé un soupir de soulagement, je pourrais être un peu seul avant le retour des autres. J'ai laissé derrière moi le jaune profond des murs de la cuisine et le gris clair du salon. Le violet pâle de la chambre de Chiara et l'orange pétant de la chambre d'Alice, je les ai seulement aperçus. J'ai plongé dans le bleu foncé de ma chambre. La mienne. Et celle de Giovanni.

Je suis entré et j'ai fermé la porte à clé.

C'était rare que je m'enferme dans ma chambre. Notre maison n'était pas du genre à avoir les portes fermées à clé. Je ne le faisais plus depuis cette fois où j'avais refusé d'aller au cours de piano : j'avais compris que j'étais fait pour une Fender Stratocaster ; au contraire de mes parents qui pensaient que je deviendrais un T. D. Lemon Novecento comme dans *La Légende du pianiste sur l'océan*[*], peut-être parce qu'ils étaient tombés amoureux l'un de l'autre sur les notes des *Nocturnes* de Chopin.

J'ai respiré profondément. J'ai appuyé mes épaules contre la porte et j'ai regardé autour de moi. Ma chambre. Mon petit

* Film de Giuseppe Tornatore, tiré du roman d'Alessandro Baricco *Novecento : pianiste*, monologue dans lequel il raconte comment, en 1900, le machiniste Danny Boodman découvre sur son paquebot un bébé qu'il appelle Novecento et qui deviendra un grand pianiste d'improvisation sans jamais quitter le navire.

monde. Cette chambre et moi, nous ne faisions qu'un. Le bleu foncé des murs était couvert de posters : Michael Jordan, Allen Iverson, Jason Williams, Thom Yorke, Steve Jobs, le Che, *Mr Nobody*, Dave Grohl, Joe Strummer, le Joker. Mon imaginaire en format 50 x 70. Le meuble où était encastré mon bureau était tapissé d'autocollants. Sans aucune logique. Je collais n'importe quoi. J'aimais les symboles, les logos, les inscriptions. Les autocollants, ça ne s'achetait pas, on les trouvait un peu partout, on les échangeait avec les copains, il y en avait entre les pages des magazines, on t'en refilait dans la pochette plastique quand tu achetais un tee-shirt des Led Zeppelin, il y en avait des piles sur les tables à la maison des jeunes, sur les murets du skatepark. Les autocollants, c'était vie, temps, mouvement : si tu en avais beaucoup, ça voulait dire que tu vivais vraiment la rue. Et puis, sérieux, n'importe qui pouvait acheter un meuble blanc produit en série comme le tien, mais personne ne le décorerait de la même façon : les autocollants rendaient mon univers unique. Je me souviens que j'avais un besoin vital de laisser une trace, de salir ce que je touchais pour montrer mon importance, montrer que j'existais. J'avais besoin de mettre le A d'« Anarchie » sur la poignée de la porte. J'avais besoin de Mrs Fletcher en version psychédélique qui me regardait dans les yeux. J'avais besoin d'une montre molle ou de la pipe qui n'est pas une pipe.

À cette époque, je pensais, et j'étais sincère, que j'en apprendrais plus en regardant la photo d'un type qui lance un bouquet de fleurs à la place d'un cocktail Molotov qu'en étudiant Pétrarque.

Cela dit, la première chose qu'on remarquait en entrant dans ma chambre, c'était ma chaîne hifi. Une Philips 75 watts qui se détachait au milieu de l'étagère, juste en face de la porte, entourée d'une montagne de CD, presque tous piratés, et de livres du genre *Into the Wild*, *Don Quichotte*, *Les Voyages de Gulliver*, *Siddharta*.

Tout ça, c'était moi. Chaque objet un petit bout de moi. Et je suis resté là un bon bout de temps, appuyé contre la porte, à m'observer.

J'ai laissé glisser mon regard vers l'autre moitié de la pièce, là où il y avait le lit de Giovanni, et j'ai vu quelque chose que je n'avais jamais remarqué : Gio m'imitait. Il découpait des images d'animaux, collait des figurines de monstres, accumulait les doudous et les livres à colorier. Il exposait ses balles en caoutchouc exactement comme j'exposais mes coupes des compétitions de basket. Il avait un poster de *Madagascar*. Il avait le même nombre de livres que moi. À la place de *La Ferme des animaux*, il avait *Les Animaux de la ferme*.

Mais après les mots de Pierpif, je n'arrivais plus à penser, à remarquer à quel point nous étions semblables, je ne voyais plus que nos maudites différences.

J'ai mis *Stadium Arcadium* des Red Hot Chili Peppers et je me suis allongé sur mon lit, les mains derrière la tête, les chaussures toujours aux pieds, les yeux au plafond d'où Zack de la Rocha, le chanteur de Rage Against the Machine, me pointait du doigt avec ses dreads flottant au vent, et serrait dans les mains son micro et mon cœur.

À cet instant, avec mon estomac qui réclamait les pâtes au pesto et le long nez de Pierluigi encore bien présent à l'esprit, j'ai fermé à moitié les yeux et j'ai pensé à mon frère. Me sont revenus en mémoire tous les doutes, les pourquoi, les questions que pendant mes deux premières années de collège j'avais enfouies dans une terre lointaine. Ou du moins, loin de ma chambre.

Pour Gio, c'était simple. Il ne comprenait pas. Lui, il était dans le train, les vitres fermées et les rideaux tirés, inconscient de la pluie qui fouettait les arbres de la forêt.

Il ne savait pas qui il était.

Moi oui.

Je savais. Je savais tout.

Une série de questions, après avoir rampé deux ans dans le sous-bois de ma conscience, avait fini par m'assaillir. Comment allais-je faire pour vivre avec les faiblesses de mon frère ? Comment allais-je faire pour être heureux en sachant qu'il n'aurait jamais de petite amie et peut-être même pas d'amis, d'amis comme les miens, auxquels se confier, avec lesquels se disputer ? Comment allais-je faire ? Serais-je capable de gérer ma vie en gérant aussi ses problèmes, en lui remontant le moral quand il découvrirait qui il était vraiment ? Et comment allais-je faire pour vivre avec la peur de le voir souffrir, de le voir mourir ?

Les mots de Pierpif, comme une étincelle, avaient mis le feu à une série de pensées infiniment tristes et, à présent, la fumée de l'incendie me brouillait la vue.

Je me suis rendu compte ce jour-là que depuis trop longtemps, j'avais arrêté de me poser des questions.

Et que j'avais arrêté de me poser des questions par peur des réponses.

La base de mon équilibre, ne pas demander, ne pas savoir.

Ne pas penser.

La division des genres.

Il y avait ma chambre. Il y avait le reste de la maison. Il y avait la vie à l'extérieur : le collège, les amis, le basket.

Tous les jours, j'allais me réfugier au collège ou à la salle de sport, puis je prenais la Fosca, je me gavais des blagues et des bêtises de mes copains et je pédalais fort, fort, fort, tellement fort que je créais un couloir temporel qui me catapultait dans une autre dimension. Autres forces de gravité, autres créatures, autres lois de la physique...

C'est alors que j'ai entendu frapper.

J'ai ouvert les yeux et j'ai vu la poignée de la porte qui se débattait comme une anguille ; j'étais incapable de dire depuis combien de temps j'étais là à nager dans le vide.

— Bon sang, Giacomo ! Qu'est-ce qui se passe ? Ouvre donc cette porte.

Maman.

J'ai mis *Slow Cheetah* sur pause, au moment exact où Anthony Kiedis chantait : « *Slow Cheetah come / It's so euphoric / No matter what they say* », je ne m'étais jamais rendu compte qu'avec ces paroles, il cherchait à me dire quelque chose. Derrière la porte, sur une fréquence perceptible uniquement par les dauphins, maman m'intimait l'ordre d'ouvrir et de sortir. Le dîner était prêt.

J'ai décidé que je ne pouvais plus me taire, il fallait que je partage ces réflexions en famille. Mais en arrivant à la cuisine – Alice et Chiara tenaient déjà leurs fourchettes et picoraient des gressins, Nonna était encore aux fourneaux –, j'ai juste eu le temps de dire :

— Écoutez, j'ai quelque chose...

Et Gio est entré dans la maison comme une furie, suivi par papa, et il a commencé, comme à son habitude, sa tournée rituelle d'embrassades.

Il a couru vers Alice en semant ses chaussures, son cartable, son blouson, et l'a serrée sur son cœur. Elle l'a pincé, il a ri. Ils se sont câlinés un moment en se répétant une phrase qui les avait fait rire la veille. Puis il s'est détaché d'Alice et d'un saut s'est retrouvé dans les bras de Chiara. Il lui a raconté comme il avait été sage à l'école et les notes qu'il avait eues. Ensuite, il a rejoint le coin de la cuisine où Nonna essayait de lui dire bonjour depuis qu'il était rentré. Ils se sont regardés dans les yeux en silence, se sont fait deux ou trois caresses très tendres puis Gio a demandé : « Je mange quoi, Nooonnaaa ? », avec ces voyelles étirées qui faisaient partie de sa façon de s'exprimer. Nonna a dit : « Des pâââtes » en l'imitant, et elle lui a donné une petite tape sur les fesses. Moi j'ai eu droit à deux coups de poing dans le ventre et à un début de bagarre mais je n'avais pas envie de me battre et je l'ai repoussé. Il a trébuché, il est tombé par terre. Et il a ri.

En le regardant se rouler sur le carrelage et rire comme s'il lui était arrivé la chose la plus drôle du monde, je me suis dit que Gio, avec tous ses problèmes, avait un talent particulier: il savait créer une histoire différente avec chacun. On aurait pu écrire un livre sur les rapports de Gio avec chaque personne qui gravitait autour de lui, et ç'aurait été une saga plus longue que *Le Seigneur des anneaux*. Gio créait des mondes. Chacun de nous a marché avec lui le long d'un chemin personnel. Et le plus fou, c'est qu'il arrivait à être différent avec tous, mais toujours lui-même. Gio n'était pas du genre mathématiques – une fois la solution trouvée, il suffit de répéter les opérations pour obtenir toujours le même résultat –, non, il était plutôt du genre basket-ball – une fois le panier marqué, il ne suffit pas de répéter le mouvement pour obtenir le même résultat. J'ai eu la conviction que je devais trouver une manière toute personnelle de marquer des paniers. Et je devais y arriver seul.

J'ai donc décidé de ne rien dire.

Jusqu'à la fin du repas, je suis resté en retrait, enveloppé de mes pensées, de l'odeur du pesto et des bavardages de la famille.

De retour dans ma chambre, j'ai remis *Slow Cheetah* à l'endroit où je l'avais arrêté. Le troisième couplet a démarré: «*Everyone has / So much to say / They talk talk talk / Their lives away / Don't even hesitate*», mais j'ai baissé le son parce que je voulais téléphoner à Vitto.

Vitto était le genre d'ami avec qui on pouvait passer des heures à dire des conneries. Ou bien à essayer de démonter le monde comme un moteur, pour tenter de comprendre comment il fonctionne.

— Eh, Vitto, ça roule?

— Nickel, Jack. Et toi?

— J'ai eu une interro sur les poulies. La cata. C'est quoi des poulies, merde?

— Ça doit être un truc qui concerne les lits.

— Ou peut-être les poules…
— Un lit rempli de poules.
— Mais ça sert à quoi ?
— À rien. C'est comme extraire une racine carrée.
— Laisse tomber, de toute façon, l'école ça sert juste à ne pas se faire choper sans avoir fait ses devoirs.
— Ou à taxer le goûter des filles.
— L'école de la vie.
— Ouais. Pas faux.
— Ouais. Pas faux.
— C'est que moi, je te jure, je serais capable de tout pour un Oreo…
— Moi aussi, j'ai soupiré. Je vendrais même ton chien.
— Non, pas le chien, il me sert d'excuse pour les devoirs !
J'ai éclaté de rire. Lui aussi.
— Écoute, ça te dit de faire un tour à vélo ?
— Où ça ?
— N'importe où. J'ai besoin d'arrêter de penser.
— Parce que tu penses, toi ?, a-t-il demandé d'une voix inquiète.
— Je passe te prendre, j'ai dit.
— OK.
— À tout'.
J'ai raccroché et je suis descendu au salon. « Je sors… », ai-je dit aux parents, ils étaient encore à table, dans la cuisine, en train de parler de je ne sais quoi.
— Où vas-tu ?
— Chez Vitto, à vélo.
— Et tes devoirs ?
— Je les ai faits.
— Quand ?
— Au collège, en arts plastiques, elle était absente.
— C'est qui, « elle » ?, a demandé papa, faisant semblant de ne pas avoir compris.
— La prof.

— Tu reviens quand ?
— Plus tard.
— Sans blague... – Papa a écarquillé les yeux. – Vraiment ? Tu ne peux pas rentrer plus tôt ?
J'ai secoué la tête et je suis sorti dans la cour récupérer la Fosca.
Vitto m'attendait devant sa maison, son vélo noir appuyé contre le poteau. On a commencé à discuter et, une heure plus tard, on était de l'autre côté de la ville – bon, il faut bien admettre que ça ne prenait pas beaucoup de temps de se retrouver de l'autre côté de Castelfranco. C'était cool de se balader comme ça, sans but. Quand on se promène sans savoir où on va, on ne risque pas de se perdre. On a parlé nonchalamment des seins d'une copine de classe, Martina, qui avaient brusquement poussé, des étranges ressemblances entre la défaite des Golden State et notre dernier match de basket, d'un nouveau disque apporté par tante Federica et des questions absurdes que les gens pouvaient poser sur Yahoo! Answers.
Au milieu de l'après-midi, on est allés chez lui. Sa mère nous a préparé le goûter, et nous avons commencé un match Sassuolo-Frosinone sur la console. Moi, comme d'habitude, avec Catellani et Moselli comme attaquants. Lui avec Santoruvo et Stellone. C'est à la fin de la première mi-temps, après un poteau retentissant de Catellani, que je l'ai branché sur Pierpif :
— Tu le connais, Pierluigi Antonini, non ?
— Qui ça, Pierpif?
— Lui-même.
— Et comment. Il habite à côté de chez ma grand-mère.
— Il raconte que des conneries, non ? Quand il parle, on dirait vraiment un monsieur Je-sais-tout.
— C'est qu'il connaît vraiment tout. Il faudrait l'enfermer.
— En fait, il m'a dit des trucs sur Gio.
— Du genre ?
J'allais lui répéter l'histoire de la maladie, de la mort, etc., mais, à ce moment, Catellani a marqué un but et j'ai bien été

obligé de sauter de joie, c'était un but de dingue, tiré en diagonale, hors de la surface de réparation. Un de ces buts qui abolissent le langage, qui le réduisent à une coulée de voyelles et de consonnes. J'ai enlevé mon t-shirt et j'ai fait deux fois le tour du canapé.

Quand je suis revenu m'asseoir, après le nouveau coup d'envoi, Vitto a demandé :

— Alors ?

— Quoi ?

— Qu'est-ce qu'il t'a dit, Pierpif?

J'ai haussé les épaules.

— Rien. Des conneries.

— J'imagine, il a dit en renvoyant de la tête un de mes centres au milieu de la surface. C'est tout ce qu'il sait dire.

Les deux mois suivants furent bizarres. Très bizarres.

C'était comme jouer au foot en combinaison de plongée, avec un gant de baseball dans une main et un balai de curling dans l'autre, le tout en patins à roulettes. Deux mois où je ne comprenais plus rien. J'étais comme un de ces paniers cadeaux qu'on offre à Noël, j'étais tantôt du vin, tantôt des amandes, tantôt du panettone, tantôt des petits fours. Je changeais d'humeur tous les jours. Plusieurs fois par jour.

Je me souviens que pendant ces deux mois, une des rares certitudes auxquelles je m'accrochais était ma tante Fede.

Tante Federica était l'unique sœur de maman. À l'époque, elle jouait de la basse avec le groupe des Northpole, que je plaçais presque au même niveau que Nirvana. La pochette d'*Around the Fur* des Deftones, identique à celle du premier album du groupe de ma tante, avait provoqué un énorme scandale chez les fans, qui avaient menacé d'actions en justice et de représailles pendant des années. En somme, Fede était un peu mon idole. Elle vivait d'ondes sonores, de hautes fréquences, de vibrations.

Elle avalait du rock au petit-déjeuner, à la pause déjeuner, entre les ponts de Venise où elle travaillait. Elle lisait *NME*[*] et, le soir, prenait sa douche sur des airs de country et de folk. Fede vivait avec l'oncle Paolo, qui était le chanteur des Northpole. Ils n'étaient pas mariés. Ils disaient qu'ils l'étaient dans leur cœur et que ça leur suffisait, ils n'avaient besoin de personne pour en attester.

Mon oncle et ma tante louaient la maison qui avait été la nôtre, la maison Mazzariol avant Giovanni. Désormais, il y avait là comme une odeur de contre-culture, d'encens et de patchouli, avec plein de décorations indiennes, des bouddhas et autres. À l'intérieur de ces murs, il y avait l'Inde, le Népal, le Tibet et la Chine orientale. Pendant que l'oncle Paolo m'apprenait le riff de *Stairway to Heaven*, je regardais autour de moi et j'étais étonné de voir à quel point un endroit pouvait changer.

Chaque fois qu'elle nous rendait visite, Fede m'apportait de nouveaux CD à écouter.

— Salut, ma tante, tu m'as apporté quoi, aujourd'hui ?

— Neil Young – et elle posait le CD sur le bureau.

— Morceau préféré ?

— Numéro un, *Hey Hey, My My*... Elle a tendu l'oreille. Mais c'est les Smiths, ça ?

— Oui.

— Tu les écoutes en faisant tes devoirs ?

— Oui. Il ne faut pas ?

— Non, il ne faut pas. Il ne faut absolument pas. Les Smiths doivent être savourés, bon Dieu. Ce n'est pas un jus de fruit, les Smiths, c'est un verre de prosecco. Tu dois le déguster. Tu dois trouver le moment et l'endroit. Par exemple, *Hand in Glove*, fais attention aux paroles...

— OK, ma tante.

---

[*] *New Musical Express.*

— C'est compris?

— C'est compris...

— Ceux-là, je peux les récupérer?

— Lesquels?

Elle a tiré de la pile les Doors et les Dépêche Mode.

— Bien sûr.

— Alors, tu en as pensé quoi?

— Génial.

Après être restée un moment sur mon lit, jambes croisées, tante Fede se levait et allait discuter avec Chiara et Alice, avec chacune d'un sujet différent. Mes semaines étaient rythmées par les CD qu'elle m'apportait.

La musique me permettait d'aller à la pêche aux sentiments dans le lac d'émotions où je barbotais. L'épuisette prenait les carpes, la ligne les truites, le harpon les brèmes. Les vers de terre attiraient les daurades, les mouches en plastique les brochets et les thons. De la même manière, les Smiths étaient un appât pour le cafard. Avec les Sex Pistols, la colère et les doutes remontaient à la surface. Et si je mettais les Beatles, j'étais immédiatement emporté au large par des vagues de sérénité.

J'avais treize ans. J'étais un vinyle sans sillons qui attendait d'être gravé par le monde.

Un jour, on nous a annoncé que Mme Pidello, la prof d'arts plastiques, allait être absente et qu'elle aurait un remplaçant. Et voilà qu'arrive ce type qui cherchait à tout prix à jouer le mec sympa, du genre: je ne suis pas ton professeur, je suis ton meilleur ami. Il est entré dans la classe et, pour nous donner l'impression que nous étions importants, il nous a demandé de nous présenter à tour de rôle, ça n'en finissait pas. J'étais en troisième. Je connaissais tout de tout le monde. Lorenzo jouait bien au ballon. Matteo parlait anglais mieux qu'à Oxford. Elisa écrivait des poésies. Je savais tout. Trop chiant. J'ai décidé de dormir une petite heure. Sauf que le remplaçant nous a dit d'ajouter notre chanteur préféré à la présentation. Hum, je me suis dit, intéressant. J'ai découvert que Laura écoutait du Mozart et Jacopo du hip-hop. Arianna, la merveilleuse, écoutait Mumford & Sons – je l'aurais épousée sur-le-champ. La plupart restaient plutôt sur de la musique commerciale, celle que je zappe tout de suite pour ne pas me polluer quand je tombe dessus par hasard à la radio.

— Moi je m'appelle Giulio, j'écoute les Black Eyed Peas, je joue au foot, j'ai déménagé ici il y a deux ans et je lis des romans policiers... J'aime aller au ski, et... – là, c'était presque mon tour – ... et c'est tout. – Il s'est rassis.

— Merci, Giulio, c'est à qui?

Je me suis levé.

— Bonjour, j'ai dit. Je m'appelle Giacomo. Giacomo Mazzariol. Je fais du basket, même si je ne suis pas très grand. J'aime le cinéma et j'écoute... – À cet instant, je vous le jure, j'allais démarrer avec ma liste, j'allais le faire. Pour la première fois, j'avais l'occasion d'étaler ma culture musicale, à faire pâlir un journaliste de *Rolling Stone*. Mais je n'avais pas même ouvert la bouche que, allez savoir pourquoi, je me suis bloqué. C'était le moment où j'aurais pu tout dire. Personne ne savait que Rou Reynolds des Enter Shikari était mon chanteur préféré, tout comme personne ne savait que je dormais avec la photo de mon grand-père sur ma table de nuit. Personne ne savait rien de moi. Je me suis entendu dire: «J'écoute Taio Cruz.»

Et je me suis assis.

— Merci, Giacomo. Super, s'est exclamé le remplaçant avec un enthousiasme démesuré – un instant, j'ai eu peur qu'il demande à la classe de m'applaudir.

Il n'y avait vraiment rien d'extraordinaire dans ce que j'avais dit. Taio Cruz? Avais-je vraiment dit «Taio Cruz», cette merde qui chantait *Break your Heart* ou *Hangover*, les deux titres les plus pathétiques de l'histoire de la musique? Pourquoi j'avais dit Taio Cruz? Pourquoi je n'avais pas dit la vérité? Pourquoi je continuais à me cacher?

Les présentations se sont poursuivies. La classe entière y est passée, et le professeur nous a salués, tout content, avec le paquet de notes qu'il avait griffonné sur nous dans un carnet Moleskine. Pour quoi faire, j'ai pensé, puisque dans deux semaines il serait parti ?

La sonnerie de la récréation a retenti et tous les élèves se sont précipités vers la sortie, c'était toujours à qui arriverait le premier dans la cour. Moi, je n'ai pas bougé, collé à ma chaise. Je n'avais pas faim, je n'avais pas envie de sortir. Même la lumière du soleil qui pénétrait par les fenêtres me gênait, j'aurais voulu que quelqu'un tire les stores. Je suis resté là, les yeux rivés sur la date écrite au tableau – 1793, mort de Marat –, mais sans la voir. Je pensais que si je pouvais dire de moi ce qui me passait par la tête, si je pouvais faire croire que mon chanteur préféré était Taio Cruz, alors, j'étais capable de faire croire vraiment n'importe quoi. Même à propos de Gio. Je pouvais faire comme s'il n'existait pas. Je pouvais conserver mes mondes séparés, ma chambre, la maison, le collège. Et puisqu'il n'y avait plus de réponse à donner, il n'y avait plus de questions.

Je ne me suis pas rendu compte de la fin de la récréation, ni du retour de mes camarades, ni des cours suivants, ni des devoirs à faire. Je ne me suis rendu compte de rien. À la dernière sonnerie, je me suis levé comme un automate, j'ai glissé dans mon sac mes livres et ma trousse, restés inutilisés sur le bureau toute la matinée, et je me suis dirigé vers la sortie. J'étais dans le couloir lorsqu'une main posée sur mon épaule m'a obligé à me retourner.

C'était Arianna. Mon cœur a cessé de battre.

— Jack...

— Oui ?

— Je peux te demander quelque chose ?

J'ai fait signe que oui, sans dire un mot.

— Taio Cruz n'est pas ton chanteur préféré.

Son regard courait de mon front à mon menton, à mes joues, à mon nez, comme quand, sur les plans de métro, on cherche le petit point rouge où il est écrit : Vous êtes ici.

— Non, ai-je répondu. Et je me suis aperçu que je le disais sans émotion ni honte, et encore moins avec ironie.

— Et donc… ? – Elle a plissé le front. Elle attendait que je continue, que je me justifie. Mais je n'avais rien d'autre à dire. S'il existait des mots pour m'expliquer, je ne les connaissais pas. Des réponses, je ne les avais pas. Et des instruments susceptibles de mettre de l'ordre dans mes émotions, aucune trace dans ma boîte à outils.

Arianna a attendu quelques secondes, puis, devant mon silence, elle s'est déplacée d'un rien vers la droite et s'est laissé emporter par le flux de sweats, de bousculades et d'éclats de rire qui, comme un fleuve en crue, se ruait vers la sortie. Je suis resté là, mal à l'aise, immobile comme un rocher.

Nous sommes tous des poissons volants

J'ai passé un hiver agité, aussi agité que l'est bien souvent l'aube d'une prise de conscience. J'ai passé le cap de la nouvelle année avec une énorme envie de renouveau, quelque chose qui arriverait et chamboulerait mes journées.

C'est l'époque où j'ai connu Brune et Scar. On s'était rencontrés à une fête du patronage, une de ces fêtes organisées pour faire jouer les petits groupes des environs, et si chaque groupe ramène une dizaine de copains, à la fin on arrive à rassembler une petite foule et on a presque l'impression d'être à un vrai concert. Brune et Scar formaient un duo : Brune & Scar. Deux guitares, deux voix. Ils étaient différents des autres groupes. Ils ne jouaient pas de morceaux récents, ils ne rappaient pas et ne postillonnaient pas dans les micros. Au milieu du brouhaha de la salle, ils avaient sorti de leur chapeau *The Passenger* d'Iggy Pop, *Starman* de Bowie et *Blowin' in the Wind*, mais en version plus rock que celle de Dylan. Ils avaient un an de plus que moi, et le choix des morceaux, sans vouloir être trop regardant sur l'exécution, m'avait suffi pour comprendre que Brune, Scar et moi pourrions être amis. J'avais cette drôle de manie de choisir mes amis sur la base de leurs goûts musicaux. Si ce n'étaient pas les miens, je trouvais immédiatement un prétexte pour m'éloigner.

— T'écoutes quelle musique ?

— Rihanna.

— Désolé, je dois récupérer des heures de sommeil de mon voyage scolaire de cinquième.

— Taio Cruz.

— Désolé, je dois y aller, dans dix minutes mon yaourt périme.

Moi aussi je créais mes propres catégories, la musique était tellement importante pour moi qu'elle annulait tout le reste. J'estimais que les filles qui écoutaient Rihanna ou Taio Cruz étaient toutes les mêmes. Pour moi, elles étaient superficielles, elles se levaient à 6 h 45, adoraient les chats et étaient véganes. Quelque chose dans le genre.

Je regardais le cartel et pas le tableau.

Bref, je me disais qu'avec Brune et Scar, on était en phase. Ce jour-là, on avait fini par discuter de nos groupes préférés, pour décider si la meilleure chanson de System of a Down était ou pas *Toxicity*, et tomber d'accord sur le fait qu'on n'aurait plus jamais de types comme Bob Marley.

Brune, qui s'appelait en réalité Pietro, disait qu'on l'avait surnommé comme ça parce qu'à l'âge de quatre ans, il avait vidé cul-sec un verre de brunello di Montalcino, en croyant que c'était du Coca.

Scar, qui s'appelait en réalité Leonardo, disait quant à lui tenir son surnom d'une supposée ressemblance avec le personnage du *Roi Lion*.

— En fait, a dit Brune en me donnant un coup de coude, on l'appelle comme ça parce que, quand il joue, on a envie de se scarifier.

Scar a fait comme s'il n'avait pas entendu :

— T'as pas de surnom, toi ?

— Maza, j'ai répondu.

— Parce que tu t'appelais Mazarine, avant ?, il a demandé.

— Ou parce que tu t'appelles toujours Mazarine ?, a demandé Brune.

J'ai souri, en levant les sourcils.

— Je pense que ça vient plutôt de mon nom de famille.

— Qui est... ?

— Mazzariol.

— Cool.

— Plutôt...

Un jour, de février, je crois, on se voyait depuis deux mois environ, on était allés faire un tour de vélo, sauf que la température n'était pas du tout adaptée au vélo. Alors, comme ma maison était libre, je leur ai proposé de nous réfugier au sous-sol et de faire de la musique à fond la caisse.

Bon, en général, pour que la maison des Mazzariol soit libre, pour qu'il n'y ait vraiment personne, il fallait qu'une série de circonstances miraculeuses se produise, genre : mon père au boulot, ma mère quelque part avec Giovanni à une visite médicale, Chiara et Alice chez des amies, ou à la danse, ou à la piscine. Ah, oui ! Bien sûr, je ne devais pas avoir basket ou une autre de mes activités, étant donné que si j'étais occupé alors que la maison était libre, bon, ça ne servait évidemment à rien. Le mercredi après-midi, de temps en temps, il arrivait que cet alignement de planètes se réalise : je n'avais rien à faire et le reste de la famille était à l'extérieur. Et ce jour-là était un de ces mercredis.

— Alors, ça vous dit ?

— T'as quoi comme instruments ?, a demandé Brune.

— Deux guitares, j'ai répondu. Une électrique, une acoustique. Et un clavier.

— Top !

— Tu joues du clavier ?

— Je dirais plutôt que je tape fort dessus.

— Allons-y..., a dit Scar, en soufflant sur ses mains et en les frottant pour les réchauffer. Si possible avant que mes doigts gèlent, car jouer de la guitare avec un moignon serait du plus mauvais goût.

Sous un ciel couleur métal, on a poussé sur nos pédales comme des forcenés jusqu'à l'allée des Châtaigniers, châtaigniers que je n'ai jamais vus par ailleurs. C'était la première fois que j'invitais Brune et Scar chez moi. Une fois arrivés, j'ai ouvert le portillon et j'ai indiqué le coin de la cour où on avait l'habitude de laisser nos vélos.

— T'as un panier de basket !, s'est exclamé Brune. Arrête, trop cool. Passe-moi le ballon.

Je l'ai ramassé sous les buissons et je le lui ai lancé. À l'instant précis où il faisait semblant d'éviter un joueur imaginaire et tournait sur lui-même pour le surprendre et tirer en suspension, j'ai entendu qu'on m'appelait depuis la porte d'entrée.

— Giacomo !

Je me suis retourné. Ma mère.

— Qu'est-ce que tu fais là ?, j'ai demandé.

Elle a regardé autour d'elle.

— C'est à moi que tu parles ? Disons que j'habite ici.

— Tu ne devais pas sortir avec...

C'est à ce moment que j'ai compris que j'avais demandé à Brune et Scar de venir chez moi parce que j'étais certain qu'il n'y aurait personne, mais en particulier parce que j'étais certain qu'il n'y aurait pas Gio. Je n'ai pas fini ma phrase. Je me suis assuré que Brune et Scar étaient encore en train de faire des paniers et j'ai rejoint ma mère.

— Tu ne devais pas sortir avec Gio ?, j'ai demandé dans un filet de voix.

— Si, mais il a encore un peu de fièvre et je risque de devoir faire la queue pour récupérer des documents. Et Gio joue tranquillement dans sa chambre. Mais maintenant... vous allez rester là, tes amis et toi, n'est-ce pas ?

— Non, on n'allait pas... c'est-à-dire que, oui, on aurait voulu... mais tu ne vas pas vouloir...

— Bonjour, madame !

Brune et Scar nous avaient rejoints, le ballon sous le bras.

— Bonjour, les garçons. Je n'ai pas l'impression de vous avoir déjà vus. Comment vous appelez-vous ?

— Pietro, mais tout le monde m'appelle Brune.

— Leonardo, mais on m'appelle Scar.

— Moi, c'est Katia. En général, à la maison on m'appelle maman, en tout cas quand on s'adresse à moi directement. Quand ils parlent entre eux je crois qu'ils utilisent d'autres noms, mais je n'en suis pas certaine. Au frigo il y a des boissons, et vous pouvez vous faire des croque-monsieur. Vous resterez un peu ?

— Volontiers, a répondu Scar.

— Cool !, a dit Brune. Merci !

Moi, j'avais déjà commencé à me ronger les ongles. Je priais pour que maman ne fasse aucune allusion à Giovanni, et heureusement elle n'en a fait aucune. Elle a enfilé son manteau et elle est sortie. Puis nous sommes allés tous les trois dans la cuisine en parlant de basket. J'ai versé le Coca dans les verres et j'ai préparé trois croque-monsieur. Après les avoir enfilés dans le grille-pain, j'ai dit que j'allais aux toilettes, qu'ils devaient les surveiller, et j'ai couru au premier étage. J'ai tourné la poignée de notre porte de chambre comme un voleur. La porte s'est entrouverte tout doucement, et à travers l'entrebâillement je l'ai vu : Gio était sur le lit, il me tournait le dos, il feuilletait un livre. Je suis entré sur la pointe des pieds. Un livre sur les dinosaures. C'est à ce moment qu'il s'est aperçu de ma présence et qu'il a tourné la tête :

— Jack !

— Salut, Gio. Tu fais quoi ?

— Je lis.

— C'est bien, ça, de lire. Très bien... – Je me suis gratté la joue. – Écoute. Maman est sortie, et moi, je dois faire des choses importantes. Pour l'école. Je dois les faire au sous-sol. Je dois les faire tout seul. C'est compris? Donc toi, tu dois rester dans ta chambre, OK? Sans faire de bruit. Tu restes ici à lire et à... – du coin de l'œil, j'ai vu l'iPod sur l'étagère – ... écouter de la musique. Je te prête mes écouteurs, si tu veux.

— Tes écouteurs!, a répété Gio comme si je lui avais promis de l'emmener faire le tour du monde.

J'ai pris mes écouteurs, je les ai mis sur ses oreilles et j'ai fait partir une playlist au hasard. La musique et les livres sur les dinosaures étaient une combinaison qui, il faut bien l'admettre, pouvait l'occuper pendant des heures. J'étais en droit d'espérer qu'il se ferait oublier jusqu'au dîner. J'ai pris d'autres livres sur les dinosaures et je les ai empilés sur sa table de chevet. J'ai reculé. Je suis resté à l'observer. Il semblait un peu abattu à cause de la fièvre, mais serein comme à son habitude, allongé sur le ventre. Il remuait la tête au rythme de la musique et tambourinait sur le livre avec ses doigts, perdu dans les images. Un secret, voilà ce qu'il était pour moi, Giovanni. Un parmi d'autres. Comme le poster de la fille au sein presque découvert derrière celui de John Lennon. Comme *L'Attrape-cœurs*, plein de gros mots, que j'avais caché dans le deuxième tiroir. Comme le CD des Megadeth que maman détestait et que j'avais glissé dans la pochette du disque des Velvet Underground.

Je suis sorti de la chambre en marchant à reculons, comme on fait dans les temples, et en poussant la porte je l'ai vu disparaître dans l'entrebâillement. J'ai essayé de m'excuser en pensant très fort *Pardon pardon pardon*, puis dans le couloir, un instant après, je me suis appuyé au mur et j'ai fermé les yeux. Putain, qu'est-ce que j'étais en train de faire? Maman disait qu'aimer un frère, ça ne veut pas dire *choisir* quelqu'un à aimer, mais se retrouver à côté de quelqu'un que tu n'as pas choisi, et *l'aimer*. Choisir d'aimer, ce n'était pas choisir quelqu'un à aimer. Mais je n'y arrivais pas. Parce que c'était moi qui avais besoin d'être aimé. Et je voulais que mes amis, mes copains de l'école, soient les premiers à m'aimer. J'avais peur de perdre leur écoute et leur estime s'ils avaient su pour Gio.

Aimer Giovanni et être aimé.

Sur le moment, c'était comme militer pour la paix et avoir un AK-47 entre les mains.

Je suis retourné dans la cuisine.

— T'étais passé où ?, a demandé Brune en mordant dans son croque-monsieur.

— Rien, j'étais juste...

— Giacomo, c'est quoi ce truc ?

La voix de Scar provenait de la pièce à côté.

— Qu'est-ce que tu fabriques dans la buanderie ?, j'ai demandé en le rejoignant.

— Je cherchais les toilettes. C'est quoi, ce tuyau ?

Le tuyau dont parlait Scar était une des folies de mon père : il était tellement large qu'un enfant aurait pu y rentrer, il ressortait par le mur en reliant les chambres à l'étage avec la buanderie. Il l'avait fait construire en même temps que la maison de manière à ce que nous puissions y jeter nos vêtements sales et qu'ils finissent directement dans le panier à linge.

— Ton père est un génie.

— Mon père est cinglé.

— Donc, si je remonte par-là, j'arrive dans ta chambre ? – Scar a essayé d'entrer dedans, mais il est resté coincé.

— Hé ho ! Je ne peux plus bouger.

— On le laisse dedans ?, a demandé Brune.

— Pourquoi pas ?, j'ai répondu.

— On pourrait monter et jeter dans le tuyau tes slips sales.

L'idée était lumineuse, et je vous jure que j'allais courir là-haut pour déverser dans le tuyau tout ce que j'aurais pu trouver, lorsque je me suis souvenu de Gio.

— J'ai bien peur que ma mère ait fait une machine aujourd'hui, ai-je dit en indiquant la corde à linge. Allez, on le sort de là ?

Pendant plus d'une heure, on a joué au sous-sol. J'ai donné un aperçu de mes piètres qualités au clavier et ils se sont amusés avec mes guitares. On a beaucoup ri de toutes les bêtises qu'on disait, comme ça arrive souvent à quatorze ans. J'espérais que derrière mes rires ils ne remarqueraient pas ma peur de voir Gio surgir à l'improviste. J'imaginais que j'allais le voir apparaître au pied des marches. Et que mes amis cesseraient de jouer, pétrifiés.

Mais ça ne s'est pas passé comme ça.

Deux heures s'étaient écoulées, et Brune à un certain moment a regardé sa montre et a dit que, bordel, il se faisait tard, il devait rentrer chez lui. Je les ai raccompagnés à leurs vélos, nous avons lancé encore une ou deux vannes sur la pile de toutes celles que nous avions accumulées durant l'après-midi, nous nous sommes salués poing contre poing, et, après avoir ouvert le portillon, je suis resté à les regarder pédaler le long de l'allée des Châtaigniers jusqu'à ce qu'ils disparaissent après le virage.

J'ai levé les yeux au ciel. L'hiver était dans la lumière, tout autour de moi.

Je suis retourné à la maison. Enfin, moi, pas mon esprit. Mon esprit s'était mis à courir. Il était entré dans la cuisine et, sans un regard, il avait monté la première rampe d'escaliers, puis la deuxième, il était devant la porte de notre chambre, il allait l'ouvrir. J'ai couru derrière lui, pour l'empêcher d'entrer avant moi. Je l'ai rejoint au moment où il tournait la poignée. Gio aurait pu faire n'importe quoi pendant ces deux heures. Il pouvait ne pas avoir bougé, ou avoir jeté le bureau par la fenêtre.

J'ai ouvert la porte.

Il était exactement dans la position où je l'avais quitté, les yeux rivés sur son livre (un autre), les écouteurs sur les oreilles. Je me suis assis au bord du lit et je lui ai touché le dos. Il s'est retourné et m'a souri.

Puis il a attrapé Rainette la rainette, qu'il tenait écrasée sous son ventre, et me l'a lancée dans la figure.

Gio méritait une récompense. Je l'ai fait descendre au salon, je lui ai mis *L'Âge de glace* et je lui ai apporté des chips. Pour en faire encore plus, j'ai même permis à notre petite chienne, Kissi, une espèce de peluche blanche à taches marron, de monter sur le canapé. Giovanni, allongé, caressant Kissi d'une main, piochant dans les chips de l'autre, le reflet de la télé dans ses lunettes, était l'image même du bonheur.

Épuisé par les événements, je me suis assis dans un fauteuil, j'ai remonté mes jambes et les ai serrées contre ma poitrine. J'ai attendu que les images m'anesthésient. C'était inutile: même *L'Âge de glace* me parlait de moi.

Au début du film, il y a cet écureuil, Scrat, qui cherche un endroit pour enfouir un gland, et à force de pousser pour le faire rentrer dans le sol glacé, il ouvre une fissure dans une paroi de glace gigantesque, qui se fend en deux; ce qui permet à un groupe d'animaux de toutes les espèces, voyageant vers le sud, de poursuivre leur chemin et d'échapper au froid. J'ignorais quels animaux je cachais au fond de moi, mais ce qui est sûr, c'est que je me sentais comme cette paroi, je ressentais une fissure.

Et cette fissure portait un nom: culpabilité.

Les mois suivants, j'ai fait souvent ce rêve avec la police. On sonnait à la porte, et on me disait que j'étais en état d'arrestation.

« Non, je vous jure, je lui donne à manger, nous jouons ensemble, il sort quand il veut, ce n'est pas ce que vous croyez », je répondais d'un trait, persuadé d'être à chaque fois accusé de maltraiter Gio. Le policier répondait toujours de manière différente, avec des phrases du genre: « Mais qu'est-ce que vous dites là, monsieur Giacomo ? On vous arrête parce que vous avez encore copié pendant le contrôle de maths. Désormais, vous partagerez pendant trois mois votre table avec Gianni-qui-pue-de-la-gueule, et vos prochains contrôles, vous les ferez à l'isolement. »

Un jour, Vitto est venu déjeuner chez moi, et après, on est montés dans ma chambre.

Vito s'est allongé sur mon lit, je me suis assis sur la chaise à bascule de mon bureau.

— Tu savais, toi, que le chanteur de Bloc Party était gay?, il a demandé.

— Arrête ton délire...

— Juré. C'est mon cousin qui me l'a dit.

— Si c'est ton cousin qui te l'a dit, alors... – et j'ai levé les mains pour signifier que je me rendais. Puis j'ai ajouté : Dis donc, tu te souviens quand j'allais te dire un truc sur Pierpif?

— Sur Pierpif? Non, c'était quand?

— J'étais chez toi. On jouait à la Playstation.

— Giacomo, tu es *toujours* chez moi, et on joue *toujours* à la Playstation.

— Frosinone-Sassuolo. 3 à 2. Ça ne te dit rien?

— Ah! – Il a fait une grimace un peu bizarre, comme s'il avait avalé une mouche. – Je m'en souviens, maintenant. – Il s'est levé du lit, puis s'est rassis et m'a regardé droit dans les yeux. – Et alors?

— Voilà, Pierpif sait pour Gio.

— Qu'est-ce qu'il sait de Gio?

— Qu'il existe.

— C'est ça, le problème? – Il s'est rejeté sur le lit. – Je pensais à bien pire que ça. – Il a mis ses mains derrière sa nuque, comme s'il avait la situation sous contrôle.

— Dans mon école, personne ne le sait.

— Sérieux?

— Oui.

— Comment c'est possible?

— C'est simple... je ne l'ai jamais dit.

— Pourquoi?

— Parce que Gio n'est pas prêt à être... exposé. Le monde n'en ferait qu'une bouchée, d'un type comme Gio. C'est la loi de la jungle. Tu es chasseur ou tu es chassé.

Vitto a reniflé et il a souri :
— Du grand n'importe quoi.
— T'es pas d'accord ?
— Écoute... comment il l'a su, Pierpif?
Je savais que Vitto aurait préféré parler du chanteur de Bloc Party plutôt que de Pierpif, mais je savais aussi que pour moi, il pouvait faire un effort.
— Je ne sais pas.
— Alors demande-lui. *Easy*. Puis tu l'obliges à ne rien dire à personne.
— Et s'il refuse ?
— Tu le menaces de lui casser la gueule. Enfin, Jack, on parle de Pierpif, là. *Nothing to fear*. – Depuis qu'il prenait des cours particuliers avec un Anglais, Vitto s'était mis à farcir ses discours de ce genre de petites phrases.
— Tu crois ?
— Cela dit, pour être tout à fait sincère, je vois difficilement comment tu pourrais cacher Gio. C'est une personne, pas un paquet de clopes.
— Je sais.
— Et puis, je ne comprends pas pourquoi tu devrais... – Il a jeté un regard circulaire sur les objets de mon frère éparpillés dans la chambre. Il a indiqué la poule-tirelire, comme pour dire : regarde la poule-tirelire, quel mal peut-il y avoir à une poule-tirelire ?
C'est à ce moment-là que je me suis entendu répondre :
— Ils se moqueraient de moi.
Vitto s'est relevé.
— Alors, le problème ce n'est pas que le monde ne fasse qu'une bouchée de Gio. C'est que tu as peur qu'il ne fasse qu'une bouchée de toi.
Je n'ai rien répondu. Je me suis tourné vers le poster des U2.
— Justement... a continué Vitto en suivant mon regard. Pense qu'au début, les maisons de disques ne voulaient pas entendre

parler de Bono, ils disaient que sa musique ne marcherait jamais. Quand tu penses à Gio, pense à Bono. L'opinion des autres, on s'en branle.

J'ai soupiré.

— Attention, attention, j'ai dit, comme si j'étais en train de parler dans un mégaphone, l'homme qui passe une heure à se coiffer tous les matins a quelque chose à dire...

— C'est parce que mes cheveux ne sont pas assez longs, il a répondu, en prenant une mèche entre ses doigts et en essayant de la regarder sans y parvenir. Je les fais pousser. De toute façon, c'est ma période *Law & Order*.

J'ai pensé que j'aurais dû m'en foutre, j'ai pensé qu'il fallait régler ça avec Pierpif. J'ai pensé à plein de trucs qui se télescopaient. Et j'ai décidé que si je continuais à réfléchir comme ça, j'aurais super-mal au crâne.

— Quand même, comment c'est possible que le chanteur de Bloc Party soit gay ? – Vitto a soupiré, les yeux tournés vers Zack de la Rocha, et il a secoué la tête. – Ça te paraît possible ?

Le lendemain, je me suis réveillé à 7 heures – du jamais vu – et je suis parti à l'école vingt minutes plus tôt que d'habitude pour parler à Pierpif. On ne s'était plus adressé la parole depuis l'autre fois dans la cour.

Arriver en avance à l'école représentait pour moi un effort surhumain. Tôt le matin, le sac à dos pesait 10 kilos de plus et on se retrouvait dans la rue avant d'avoir compris qu'on n'était plus dans ses couvertures. En plus, il faisait froid. Bref, j'étais d'humeur exécrable. Pour purifier mon âme de retardataire chronique, je me suis promis d'arriver après la sonnerie pour le restant de la semaine.

Ce lever aux aurores m'a tout de même permis de voir plein de trucs que je n'avais jamais vus : la concierge de l'école qui répandait de la sciure par terre pour absorber l'humidité de la pluie, les camarades obligés d'arriver tôt parce que leurs parents qui les conduisaient devaient ensuite aller travailler. Il y avait ceux qui copiaient leurs devoirs (j'ai toujours pensé au contraire que si on les avait pas faits, on allait à l'école et on affrontait la mort la tête haute), il y avait ceux qui révisaient leurs cours, collés aux radiateurs, et des enseignants qui faisaient leurs photocopies. Dans la salle de musique, le professeur accordait ses instruments.

Et je l'ai vu.

Pierpif est arrivé emmitouflé dans un manteau sombre, avec une écharpe violette autour du cou et un bonnet à cache-oreilles. Ses lunettes se sont embuées, il les a enlevées pour les nettoyer.

— Eh!, j'ai dit.

Je l'avais pris au dépourvu. Il s'est retourné d'un coup et a failli tomber. Il a remis ses lunettes.

— Qu'est-ce que tu veux?

— J'ai à te parler.

Il a ouvert grand les yeux et regardé autour de lui à la recherche de quelqu'un à qui demander de l'aide. Il n'était pas habitué à ce qu'on le cherche pour lui parler, et si ça arrivait, il savait que très probablement ce qui allait suivre ne serait pas bon pour lui. Malgré cette crainte, il laissait cependant toujours traîner dans son regard une pointe d'arrogance.

— De quoi?

— Comment tu as fait pour être au courant, pour mon frère?

Ses lèvres se sont serrées en un petit sourire acide.

— C'est ma mère qui me l'a dit.

— Ma mère et la tienne se connaissent?

— Peut-être. Je ne sais pas.

— Ta mère ne serait pas plutôt allée fourrer son nez dans des choses qui ne la regardent pas?

— Ma mère est...

— Ta mère doit être comme toi, c'est ça le problème.

Il y a cette loi non écrite, chez les garçons, qui établit que la pire des insultes est celle qu'on fait à leur mère. Je voulais qu'il soit clair que je ne plaisantais pas. Mais il n'a pas eu l'air de s'en offusquer.

— Oui, nous nous ressemblons beaucoup, a-t-il dit. Elle aussi a une intelligence supérieure. Tu sais qu'elle a gagné le...

— Je m'en bats les couilles de ce qu'a gagné ta mère, Pierpif. Il me suffit que toi, elle et vos deux pifs restiez à l'écart de ma famille. – Je me suis approché de manière à pouvoir baisser le ton de ma voix, et je l'ai attrapé par le revers de son manteau. – Si je découvre que tu as parlé à quelqu'un de mon frère, si je découvre que tu as répandu l'info, je vous conseille de déménager sur une autre planète. Toi, ta mère, et toute la famille Pierpif. J'ai été clair ?

— Oui.

— Tu seras muet comme une murène.

— Une murène ? – Il a froncé les sourcils, on aurait dit que ses lunettes aussi s'incurvaient.

— Tu crois que ça parle, les murènes ?

— Non, mais on ne dit pas « comme une murène », on dit...

— Peu m'importe comment on dit, ce qui m'importe, c'est ce que tu *ne dois pas* dire. À partir de maintenant. Jusqu'au jour où tu ramasseras un 4 sur 20 en maths.

— Je n'aurai jamais 4 en maths.

— Justement. – J'ai serré un peu plus fort le tissu du manteau, rien que pour marquer mon territoire, puis je l'ai lâché d'un coup sec comme je l'avais vu faire dans un film, et sans rien ajouter, après l'avoir transpercé du regard, je me suis éloigné d'un pas, je me suis retourné et j'ai pris le chemin de ma classe. À cet instant précis – je n'étais même pas à la moitié du couloir et je sentais encore l'ombre de son nez me gratter le dos –, j'ai commencé à ressentir à l'estomac un drôle de creux dont le nom n'avait pas changé, le même que pour la fissure : culpabilité. Bon sang, qu'est-ce que je venais de faire ? Je n'avais jamais menacé personne de toute ma vie. J'étais incapable de faire des trucs comme ça, moi. En quoi étais-je en train de me transformer ?

En un type qui, malgré les conseils amicaux de Vitto, menace Pierpif et tient son frère à l'écart.

Cet après-midi, je suis allé chez Arianna en compagnie de Goss, qui vient de *gossip*, parce qu'elle était toujours au courant de tous les potins de l'école, Elettra de son vrai nom. On devait faire une recherche sur les techniques de défense des animaux. Nous étions dans la cuisine avec deux ordis et plein de feuilles de papier disséminées autour de nous. La maison d'Arianna ressemblait à celle de ma tante, c'est pour ça que je m'y sentais bien.

— Écoutez ça, a dit Goss en scrollant un article que nous avions trouvé sur un blog d'animaux. Les lézards du Texas font gicler du sang de leurs yeux pour faire semblant d'être morts et éloigner les prédateurs.

— Quelle horreur..., a dit Arianna.

— Ici, il y a un truc sur l'engoulevent égyptien.

— Sur quoi ?

— L'engoulevent égyptien. C'est un oiseau. Il paraît qu'il peut se cacher dans la poussière pour se camoufler, pour ne pas se faire voir des autres prédateurs.

— Un oiseau couleur poussière, j'ai souri, c'est de toute beauté.

— Dites, a demandé Arianna, et si on faisait une pause ? Dans le four, il y a un gâteau au chocolat et aux poires qu'a préparé ma grand-mère.

— Voilà, c'est ça, je préfère me transformer en gâteau poires-chocolat qu'en poussière, a dit Goss.

— Pour faire la poire ?

Goss m'a donné un coup de poing sur le bras.

— Aïe ! Tu m'as fait mal.

Son portable a sonné, et pendant qu'elle répondait je suis sorti sur le balcon avec Arianna et nous nous sommes assis sur la balancelle. On était encore en hiver, mais il y avait du soleil. Il faisait moins froid que les jours précédents. Nous portions tous les deux une polaire – moi bordeaux, elle bleu ciel – et un bonnet de laine. Son balcon n'était pas très entretenu, mais il était plein de plantes bizarres. Des plantes sèches, sans fleurs, qui ressemblaient assez à mon état d'âme. Nous sommes restés là en silence, à grignoter notre gâteau. De temps en temps je la regardais à la dérobée : le soleil jouait avec ses cheveux, il les faisait briller comme des châtaignes, et sa main, abandonnée sur le coussin, était à moins d'un centimètre de la mienne.

— Tu as su pour Filippo ?, elle a demandé brusquement.

— Martuzzo ?

— Mais non. On s'en tape, de Martuzzo. Je te parle de Filippo Langella.

— Qu'est-ce qu'il a fabriqué ? Il a fumé une cigarette dans les toilettes ? Il a juré pendant le cours ? Ils l'ont arrêté ?

— Rien de tout ça, elle a dit en faisant bouger tout doucement la balancelle, une oscillation presque imperceptible.

— C'est devenu ton copain ?, j'ai lancé au hasard.

— N'importe quoi. Pourquoi tu demandes ça ?

— Comme ça, juste pour dire... – et j'ai détourné le regard.

— Il est entré au séminaire.

— Quoi ? – Je me suis redressé. – C'est pas vrai, tu te fous de moi.

— Pas du tout.

— Filippo Langella, le meilleur avant-centre de l'école, celui dont toutes les filles rêvent... veut devenir curé ?

— Je lui ai parlé aujourd'hui, à la récré.

— Et Goss le sait ?

— Aucune idée.

— Si tu as découvert un truc pareil la première, elle va en crever.

Arianna a souri, puis elle a fini sa part de gâteau et dit :

— Filippo a été un vrai engoulevent, tu ne crois pas ? On croyait le connaître mais on n'en voyait que le masque, il se cachait dans la poussière.

— Qui l'eût cru...

Arianna a bougé la tête d'une drôle de manière, et j'ai pensé que j'aurais pu rester là, sur cette balancelle, à côté d'elle, pour le restant de mes jours.

— Au contraire, a-t-elle continué – elle grignotait en suivant le fil de ses pensées qui la guidait, comme celui de l'autre Ariane, à travers un labyrinthe. – Au contraire, il y a plein de gens comme Filippo. Tu n'as jamais remarqué ? Giulio, par exemple. Giulio est le premier de la classe, mais tu crois que dans son groupe de copains il fait son intello ? L'autre jour, j'ai rencontré une fille qui habite dans son immeuble et fait de la danse avec moi. Quand nous avons parlé de Giulio et que je lui ai dit qu'il avait la meilleure moyenne de la classe, elle a éclaté de rire. Je te jure. Elle m'a pris pour une menteuse. J'ai eu du mal à la convaincre. Et tu vois Alessia ? Elle adore les t-shirts des personnages de Disney, des t-shirts un peu bébêtes… elle en a une armoire pleine, je l'ai vue de mes yeux. Un jour, je lui ai demandé pourquoi elle ne les portait jamais à l'école, et elle m'a répondu qu'elle avait honte, qu'à l'école elle préférait se montrer différente… tu sais, le pantalon *cool* et tout le reste. Qu'est-ce que ça peut bien vouloir dire, d'ailleurs, *cool*, j'aimerais vraiment le savoir.

— Un monde d'engoulevents, j'ai marmonné.

— Ouais.

J'ai entrouvert mes lèvres pour ajouter quelque chose, mais je me suis arrêté net. J'aurais voulu lui prendre la main, lui dire que le prince des engoulevents, c'était moi. L'empereur. Un énorme bidon de conneries. Giacomo, celui avec qui on rigole bien. Giacomo, qui a toujours le mot pour rire et aucun souci au monde. J'aurais voulu lui dire pour Gio et m'excuser de ne jamais lui en avoir parlé. Elle aurait dit qu'il n'y avait aucun problème, je savais qu'elle l'aurait dit, mais je n'ai pas réussi à prononcer un seul mot. Au lieu de ça, j'ai dit :

— Le seul qui se glorifie d'être différent des autres, c'est Pierpif, et d'ailleurs il n'a pas d'amis.

Goss a montré sa tête à cet instant.

— Eh ! Vous rentrez, maintenant ? Ou vous préférez qu'on rapporte à la prof une photo de vous deux sur la balancelle ?

Je me suis vite levé, comme si j'avais été surpris en train de faire quelque chose d'interdit. Arianna a respiré l'air froid puis elle est restée là encore quelques instants, les yeux dans la direction du soleil tiède de l'après-midi.

— Quel est le prochain animal ?, a-t-elle demandé dans un filet de voix.

— Les poissons volants, a répondu Goss.

— Et quel est le système de défense des poissons volants ?

— Ils volent, a répondu Goss. Nous, on a l'impression qu'ils volent parce qu'ils aiment ça, parce que voler c'est chouette, alors qu'ils le font pour échapper aux prédateurs. Marrant, non ? Ils ont l'air poétiques et libres mais en réalité ils volent pour échapper à la mort, les poissons volants.

Tyrannosaure, au secours !

Un matin, les professeurs nous ont accompagnés à une conférence sur la sécurité routière, un truc plutôt carré. En ouverture, une vidéo pédagogique avec le témoignage d'un garçon qui avait tué son meilleur ami dans un accident causé par son état d'ivresse, puis l'intervention d'un jeune sportif kayakiste venu, je pense, pour nous proposer une alternative à la biture, dans le style : si un type super-cool comme moi te dit de faire attention, il faut vraiment l'écouter. J'ai découvert qu'à cette conférence il y avait aussi des classes venues d'autres collèges. Pour être précis, du collège de Vitto. Mieux, il y avait précisément la classe de Vitto. Et je l'ai vu. Vitto.

Je lui ai donné une tape amicale sur le cou et nous avons fait cette espèce de haka déjanté qui était notre façon de nous saluer. Tous les deux, sans respecter la consigne de nos professeurs de rester avec notre classe, nous sommes allés nous asseoir côte à côte, loin de nos camarades, dans un endroit neutre au fond de la salle.

— Alors la fille qui te plaît est là aussi ?, m'a demandé Vitto.

— Qui ?, j'ai demandé, Arianna ?

— C'est plutôt à toi de savoir. Ou c'est à moi de te le dire ?

J'ai levé le doigt en le pointant entre les têtes de deux garçons assis en face de nous, sur la droite. Vitto s'est penché pour mieux voir.

— Cheveux châtains et pull rouge?

J'ai fait claquer ma langue comme pour dire: oui, oui, tout à fait, c'est bien elle, en plein dans le mille.

Vitto a secoué la tête, l'air contrarié.

— Qu'est-ce qu'il y a?

— Trop belle pour toi, Maza.

— Brad Pitt a parlé.

— Rien à voir. Une fille comme ça, moi je ne la regarde même pas. Je les choisis à mon niveau. Je préfère une fille un peu quelconque, mais accessible, à une à te faire baver pendant des années sans conclure.

— Je ne lui bave pas dessus.

— Bon, t'as compris ce que je veux dire. Oh, regarde ceux-là...

Quatre rangées devant, un petit groupe de cinquièmes était penché sur un téléphone portable, peut-être pour regarder une vidéo, et dans leur dos, silencieuse comme un requin, leur professeur s'approchait.

— Ils vont se faire choper...

Attrapés. Portable confisqué.

Toute la salle jacassait, on aurait dit le bruit de la glace quand on marche dessus. La psychologue chargée de faire l'introduction essayait d'y faire quelques pas avec un certain courage, mais on voyait bien qu'elle redoutait de passer au travers de cette glace. Il y en avait un qui dessinait des mangas sur son cahier en faisant semblant de prendre des notes, un autre somnolait, un autre encore avait les yeux fixés sur l'estrade mais la tête ailleurs. Derrière nous, trois garçons plus grands, peut-être des lycéens, se sont mis à bavarder. Je les écoutais d'une oreille distraite parce que c'était le tour du kayakiste, un type pas mal en effet, amusant et vif. Jusqu'à ce que dans leurs propos apparaisse, incandescent comme de la lave, le mot « trisomique ».

Je ne me suis pas retourné mais je me suis réglé comme une radio, excluant toutes les autres fréquences.

L'un d'eux racontait que son chien était un vrai trisomique, qu'il faisait des choses idiotes comme refuser de manger si sa gamelle n'était pas exactement dans une certaine position. Un autre est intervenu en disant que le sien, de chien, était encore plus triso, car le jour d'avant, il avait entendu miauler à la télé et il était devenu fou, il s'était mis à courir dans toute la maison en cherchant le chat et il avait fait tomber un vase en verre. Alors le troisième a dit que s'il y avait un chien trisomique, c'était bien celui de sa tante, le chien le plus triso de la terre, qui avait peur des mouches, et quand il en voyait une tourner dans la maison, il allait se cacher derrière la machine à laver. Une fois, une mouche s'était approchée trop près de lui, et il avait eu tellement peur qu'il avait essayé de passer par la chatière, ce trou dans la porte du balcon par lequel les chats peuvent entrer et sortir à leur guise, et il était resté coincé.

J'ai fait semblant de me retourner comme pour chercher quelqu'un et je leur ai jeté un coup d'œil. Que dire ? C'étaient trois types absolument normaux. Et ils étaient là en train de dire des conneries, c'est d'ailleurs ce qu'on fait le plus à cet âge-là, des conneries innocentes, comme traiter son chien de trisomique. À ce moment-là, va savoir pourquoi, j'avais l'impression que le mot « trisomique » était sur toutes les lèvres, tout le temps, et que n'importe qui, *n'importe qui*, l'utilisait à tort et à travers, sans y faire attention, comme un tic de langage ou pour faire de l'humour.

À voix très basse, pour que les types derrière n'entendent pas, j'en ai parlé avec Vitto. Vitto avait toujours réponse à tout.

— Oh, m'en parle pas, a-t-il dit, depuis qu'on nous a volé notre Yaris noire, je vois des Yaris noires partout. C'est dingue, je te jure. Je ne m'étais jamais rendu compte qu'il y en avait autant. Il est donc probable que tu entendes tout le temps le mot « trisomique » parce que c'est toi qui l'as en tête...

— Tu crois ? Ça ne peut pas être une simple coïncidence.

— Et pourquoi pas ? La vie est remplie de coïncidences. Tu connais celle de Hitler et de Napoléon ?

— Laquelle ?

— C'est la prof d'histoire qui nous l'a racontée, elle a dit que Hitler et Napoléon sont nés à cent vingt-neuf ans d'écart, ils sont arrivés au pouvoir puis ils ont cessé de gouverner avec cent vingt-neuf ans d'écart, et ils ont déclaré la guerre à la Russie avec cent vingt-neuf ans d'écart...

— Et qu'est-ce que ça a à voir avec le fait que j'entende le mot « trisomique » tout le temps ?

— Aucune idée. Mais c'est une belle coïncidence, tu ne trouves pas ?

Un week-end, peu de temps après, nous nous sommes réunis avec toute la famille. Quand je dis « toute la famille réunie », je veux dire tante Federica, oncle Paolo et nonna Bruna du côté de maman et, du côté de papa, nonna Piera, tante Luisa et sa famille et tante Elena et sa famille. La famille de tante Luisa est composée d'elle, d'oncle Myles et de nos cousins Stefano et Leandro. Ils ont vécu plusieurs années à York, en Angleterre, la ville d'oncle Myles, jusqu'à ce qu'ils déménagent en Suisse, à Zurich. La famille de tante Elena est composée d'elle, d'oncle Giorgio, de Francesco et de Tommaso, nos autres cousins. Le travail d'oncle Giorgio les oblige à se déplacer souvent, ils ont donc d'abord vécu à Paris, puis à Rome, puis à Rio de Janeiro, et maintenant ils sont retournés à Paris.

Nous nous retrouvons tous ensemble seulement deux fois par an et, quelle que soit la saison, nous échangeons toujours nos cadeaux de Noël. Il arrive donc qu'on échange les cadeaux de Noël en mars ou en juillet, par exemple.

Ce jour-là, Gio avait reçu en cadeau un stégosaure en caoutchouc. Dans la famille, tout le monde sait que pour faire plaisir à Gio, il suffit de lui offrir quelque chose qui soit en rapport, même vaguement, avec les dinosaures. Mais ce stégosaure-là – on ignore ce qu'il avait de particulier – a eu sur lui un effet hypnotique, plus que n'importe quel autre saurien qu'on lui ait jamais offert : il s'est emparé de Gio et l'a emporté loin, lui et son esprit, dans un monde préhistorique où les relations avec sa famille n'étaient pas prévues.

Gio a attrapé le stégosaure, s'est assis dans un coin, jambes croisées, et tout à coup le reste du monde a disparu. Autour de lui, c'était tout un remue-ménage d'accolades, de tapes dans le dos, de blagues, de récits entrecroisés, de langues et de dialectes qui se mélangeaient, alors qu'il n'avait même pas fini de dire bonjour à tout le monde. Les oncles et tantes s'approchaient pour lui faire des câlins, lui parler, le serrer dans leurs bras. Les cousins essayaient de le faire jouer avec eux. Rien.

Car sa vie est comme un arrêt sur image. Gio prend une photo, il y rentre et il la vit, il la touche, il la salit, il la déchire peut-être, puis il en fait aussitôt une autre. Tout s'épuise dans le présent, pour lui. À cet instant, le plus important était son nouveau cadeau, point final. Il avait même renoncé aux pâtes au radicchio*. Stefano, l'aîné des cousins, du même âge que ma sœur Chiara, a essayé de l'appeler, de le faire venir à table. Il a essayé de lui faire envie avec une coupelle de cacahuètes, mais, comme il n'obtenait aucun résultat, il a laissé tomber et s'est mis à discuter avec mon père. Leandro, son petit frère, prenant acte de l'échec de Stefano, n'a même pas essayé d'entrer en relation avec lui, au contraire de ce qu'ont fait les deux cousins de Paris, les plus jeunes : ils se sont mis à genoux à

---

* Le radicchio est une sorte d'endive rouge, ressemblant à la trévise, mais plus croquante. Castelfranco est réputé pour être la capitale du radicchio.

côté de Giovanni pour jouer, avec pour résultat d'être attaqués au bout de quelques instants par le stégosaure. Tommaso s'est alors relevé, a rejoint sa maman et lui a demandé :

— Pourquoi Giovanni ne me dit pas bonjour ? Qu'est-ce qu'il a ?

— Rien, a répondu tante Elena en souriant. Ne te fais pas de souci. C'est simplement qu'il est absorbé par son nouveau jouet. C'est notre faute, le dinosaure qu'on lui a choisi est trop beau.

— Mais après, il va venir ?, a insisté Tommaso.

— Oui, il va venir. Assieds-toi là, maintenant...

Mais est-ce qu'il va venir ? Qu'est-ce qu'il a ? Pourquoi il se comporte comme ça ? C'étaient exactement les questions que je me posais au même âge et que j'avais désormais décidé de laisser tomber. On a commencé le repas sans Gio. Et là, les conversations, les anecdotes des membres de la famille, les récits de leur vie à l'étranger sont devenus une avalanche intarissable et je me suis senti enivré.

Tante Elena : Mais savez-vous qu'à Rio les gens riches organisent des fêtes à la piscine pour l'anniversaire de leur chien ? Et, à côté, il y a des gens qui meurent de faim à leur porte.

Oncle Myles : Tu te rends compte qu'en *Switzerland* il existe un parti politique *called* Anti-PowerPoint Party qui combat *the use of* PowerPoint *during* les meetings politiques.

Nonna Bruna : *Mi no vo pi a Londra. So ndà na volta e gò visto sto carteo. Ghe go fato na foto**. – Et elle nous a montré une photo avec un panneau sur lequel était écrit : *Private road children dead slow*, ce qui veut dire qu'il faut rouler doucement parce que la rue est privée et qu'il peut y avoir des enfants qui

* Dialecte vénitien : « Moi, je ne mets plus les pieds à Londres. J'y suis allée une fois et j'ai vu ce panneau. Je l'ai pris en photo. »

jouent. – *Co a me amiga gò xercà, e el voe dir che i putei i more lentamente ne estrade private. I xe mati a Londra**.

Nous avons tellement ri, à en tomber de nos chaises. Évidemment, nous lui avons laissé croire que c'était bien le sens du panneau. Je ne savais plus de quel côté me tourner, qui écouter. J'aurais voulu avoir dix oreilles. Pendant ces réunions de famille, je ressentais une super-envie de partir, de voyager, de jouer au volley sur les plages brésiliennes, de boire du whisky en Angleterre, de me promener au soleil couchant sur les boulevards de Paris. J'aurais voulu que le monde entier soit un marchand de glaces et les villes des bacs de parfums différents, pour pouvoir choisir le parfait cornet de ma vie.

Ça, c'était moi.

Gio, au contraire, restait résolument dans son univers parallèle.

Gio jouait avec son stégosaure. Tout seul. En silence.

De temps en temps, nous nous retournions pour l'observer.

Et ça a duré toute la journée.

Après le déjeuner, nous l'avons appelé pour le dessert, en vain : il y avait le stégosaure. Et quand l'heure de partir est arrivée, l'heure des adieux, sachant qu'on n'allait pas se revoir de sitôt, j'ai essayé de le secouer pour qu'il vienne dire au revoir aux cousins, aux oncles et tantes. Rien à faire. Il y avait le stégosaure.

Quand nous nous sommes retrouvés seuls, je me suis approché et je lui ai demandé :

— Gio, pourquoi tu n'es pas resté avec nous ?

Il m'a montré son stégosaure.

— D'accord, mais maintenant tu ne les verras plus pendant un an, si ce n'est davantage.

---

* « J'ai cherché avec mon amie et ça veut dire que les petits meurent lentement dans les rues privées. Ils sont fous, à Londres. »

Il m'a montré son stégosaure.

— Mais ton jouet, tu peux le voir demain aussi. On a été mal à l'aise à cause de toi.

Il m'a montré son stégosaure. Comme si c'était moi qui ne comprenais pas.

Moi, je l'aurais bien cramé, ce putain de stégosaure.

De cette époque, je me souviens des discussions avec Gio sur les règles du foot lors des matchs que nous organisions dans le jardin : on ne peut pas dire que le mécanisme était très clair dans sa tête, par exemple qu'il fallait aussi bien marquer des buts que défendre. Il n'arrivait pas à en saisir l'intérêt. Ce qui l'intéressait, c'était seulement de marquer. La défense l'ennuyait. Pire, il était content même quand je marquais un but contre lui, parce que pour lui la compétition n'existait pas, et encore moins la défaite. Un jour, je lui ai appris le concept de faute et, bon Dieu, je maudis encore ce jour : il a commencé à me donner de sacrés coups de pied, il ne regardait même plus la balle. La colère montait au fond de moi. Je ne m'amusais plus de ses bizarreries comme lorsque j'étais en primaire.

Grand-père disait toujours que le jeu est une chose sérieuse et, le prenant au pied de la lettre, j'ai commencé à répéter à Gio, jusqu'à l'épuisement : « Tu dois marquer un but. Tu dois marquer un but. Tu dois marquer un but. Tu dois marquer un but. Tu dois marquer un but. Tu ne dois pas faire de faute. Tu ne dois pas faire de faute. Tu ne dois pas faire de faute. Tu ne dois pas faire de faute. Tu ne dois pas faire de faute. Tu ne dois pas être content quand c'est moi qui marque un but. Tu ne dois pas te rouler par terre quand tu tombes. Tu ne dois pas cueillir les fleurs quand tu joues. Si tu te trompes, tu dois être désolé. Tu ne dois pas prendre la balle avec les mains. Tu ne dois pas danser. Tu ne peux pas te tromper de but. Tu ne peux pas me passer la balle, nous sommes adversaires. On ne gagne pas tous les deux. Ne t'arrête pas pour regarder les nuages. Tire plus fort. Et puis non, bon Dieu, tu ne peux pas te cacher dans les buissons pour m'attaquer par surprise, tu ne peux pas faire ça parce que je sais bien que tu es là, je te vois : joue sérieusement, bon sang de bonsoir ! »

Mais rien à faire, plus j'essayais de lui apprendre, plus je lui imposais ma vision des choses, plus il faisait des bêtises. C'était comme apprendre à un diplodocus à danser sur la pointe des pieds. Et la seule chose que je pensais, c'est que j'avais raison et pas lui. Moi, je savais faire les choses et pas lui. Moi, je faisais des progrès, j'apprenais, et pas lui. Moi, j'essayais de l'aider à faire ses devoirs, et lui, il jouait avec son crayon, il riait et je m'énervais tellement qu'il s'énervait aussi et, à la fin, ça partait en couille.

Giovanni était une danse.

Giovanni *est* une danse.

Le problème, c'est d'entendre la même musique que lui.

Comme cette phrase attribuée à Nietzsche, vous voyez de quoi je parle ? Qui dit : ceux qui dansaient étaient vus comme des fous par ceux qui n'entendaient pas la musique. En fait, à cette époque, sa musique n'arrivait vraiment pas jusqu'à moi.

Un après-midi d'avril, nous étions tout seuls, tous les deux, au parc. De temps en temps, il arrivait que maman me demande de l'emmener se promener quand il faisait beau, et moi, ne trouvant pas la force de dire non, j'acceptais, luttant contre la peur d'être vu par un camarade de classe.

C'était un jour de soleil violent et d'air léger. Un toboggan, deux balançoires, une bascule, des arbres, deux ou trois chiens qui se poursuivaient sur la pelouse.

Au parc, d'habitude, je le laissais courir entre les jeux, pendant que j'allais m'asseoir sur un banc, mes écouteurs sur les oreilles. Évidemment, Giovanni ne jouait pas comme les autres. Il ne se lançait pas du haut du toboggan, ne se balançait pas sur la balançoire, ne grimpait pas sur le petit château, il organisait plutôt d'étranges éruptions de sable depuis d'invisibles volcans, il utilisait le tapecul pour faire sauter ses peluches et il était absorbé par des détails minuscules : un insecte, de la rouille sur le fer, un caillou aux veines particulières qu'il examinait avec un soin de scientifique. En fait, sa façon de jouer était celle d'un explorateur, d'un chercheur. Toujours prêt à se laisser éblouir par la merveille des petites choses.

Il était en train de construire une structure de branchages à la base du château avec toboggan. Je le regardais distraitement en pensant à Arianna qui, inexplicablement, m'avait téléphoné pour me demander les devoirs à faire. Or, je vous jure, je n'étais vraiment pas la personne à qui s'adresser pour savoir ce qu'il y avait à apprendre. Je me répétais les mots que nous avions échangés pour comprendre si les devoirs étaient un prétexte pour me parler ou si elle en avait vraiment besoin. Je me repassais le ton de sa voix, les silences, les mots, exactement comme Gio examinait la nature au parc.

À un certain moment, Giovanni s'est mis à jouer avec une petite fille, au risque de la faire tomber, toujours avec cette manière fougueuse de se déplacer qui le caractérisait. La petite fille ne semblait pas trop effrayée (pour le moment), mais je m'étais déjà trouvé dans des situations semblables, alors j'ai crié : « Sois gentil avec la petite fille, Gio », ce qui a alerté le père de la petite, assis un peu plus loin, en train de bavarder avec un autre monsieur. L'homme a dressé ses moustaches comme font les chats lorsqu'ils ressentent un danger, mais il n'a rien fait, n'a pas bougé, n'est pas venu chercher sa fille, il est seulement resté attentif quelques instants, jusqu'à ce qu'il reprenne sa conversation.

La petite fille a grimpé sur le toboggan et Giovanni s'est laissé distraire par autre chose. Sur un des arbres du parc, deux corbeaux croassaient comme s'ils étaient sur le point de se bagarrer. C'était une journée tellement chaude, étrange pour la saison, étrange et magnétique, et moi, je me prélassais au soleil, avec dans les oreilles la voix d'Anthony Kiedis qui chantait: «*With the birds I'll share / This lonely view.*»

C'est alors que j'ai vu passer à vélo un gamin qui devait avoir dix ou onze ans. Il était avec deux copains mais on voyait que c'était lui le chef. On le remarquait à son coup de pédale distrait, à la confiance dans ses mouvements, au tapage insolent qui flottait autour de lui comme une nuée de moucherons, tandis que lui se contentait de sourire. J'aime bien observer les gens, le spectacle est gratuit et on apprend plein de choses, alors j'ai continué à les regarder. Ils ont fait mine de se poursuivre puis se sont arrêtés à la fontaine pour boire. L'un d'eux, avec un blouson jaune phosphorescent et les cheveux bouclés, s'est rempli la bouche d'eau et l'a projetée en direction de ses copains, qui se sont écartés pour ne pas être mouillés. Puis celui qui avait l'air d'être le chef – il portait un sweat-shirt rouge et une casquette de baseball – s'est retourné vers l'aire de jeux où se trouvaient Giovanni et la petite fille, et a dit quelque chose aux autres. Cette fois, c'était à moi de dresser les moustaches comme font les chats. J'ai cligné les yeux et, au fur et à mesure qu'ils s'éloignaient de leurs bicyclettes laissées par terre, et se rapprochaient de Giovanni et de la petite fille, j'ai compris que je les connaissais.

Celui avec le sweat-shirt rouge s'appelait Jacopo, c'était le petit frère de Paolo, un type qui était à mon collège en quatrième, mais dans une autre classe. S'il m'avait vu avec Giovanni, s'il m'avait même seulement associé à lui, il serait allé à coup sûr le raconter à son frère.

Je ne me rappelle pas exactement ce que faisait Giovanni, mais c'était une de ses idées saugrenues, du genre faire se cogner dans l'air un T-rex avec un vélociraptor et imaginer qu'après ils sont engloutis tous les deux par un trou dans la terre, le tout accompagné d'une explosion nucléaire de bouts de bois et de feuilles.

— Eh, les gars, venez voir, dit Jacopo en se rapprochant de Giovanni. Visez-moi ça.

Un membre du groupe a regardé autour pour voir s'il n'y avait pas un adulte qui, déjà, s'approcherait pour venir au secours de son fils, mais non, aucun adulte à l'horizon. Rien qu'un grand frère peureux tout près, assis en train d'écouter les Red Hot Chili Peppers et occupé à érafler avec ses ongles le bois du banc pour évacuer sa propre frustration.

Giovanni ne s'était encore aperçu de rien et continuait à jouer, comme s'il était enfermé dans une bulle spatio-temporelle. Il ne les avait pas vus, ne les entendait pas. Moi, oui. Par l'effet d'un drôle de courant d'air, leurs voix me parvenaient, limpides, comme si je les avais eus en face de moi, presque à portée de main.

— Non mais, vous avez vu sa gueule?

— Et sa langue? Mais c'est quoi, cette langue?... Sérieux.

— Alors, qu'est-ce que tu bricoles, tête plate?

Ils formaient désormais un cercle autour de lui, comme des Indiens qui assiègent une caravane et, là, même Giovanni n'a pu éviter de les remarquer. Il a levé les yeux par-dessus ses lunettes. Il était trop loin pour que je saisisse son regard, mais je savais parfaitement, parmi ses nombreuses expressions, celle qu'il leur adressait: un regard à mi-chemin entre le doute, la gêne et l'inquiétude.

Jacopo s'est accroupi et lui a tapoté le front avec le doigt.

— Eh, il y a quelqu'un là-dedans?

Franche rigolade des autres.

Là, c'était le moment. Le moment où un vrai frère aurait dû se lever du banc, foncer sur ce Jacopo et, avec l'air de celui qui avait des choses plus importantes à faire, demander si quelqu'un avait un problème.

Lève-toi, je me suis dit. Fais voir que tu es son frère. Lève-toi. C'est lui que tu dois choisir, bordel, prends sa défense.

Le gamin avec le blouson jaune a dit: «À votre avis, si je m'approche, il mord?»

Autres éclats de rire.

J'étais paralysé, à bout de souffle comme après une course, mais mes fesses restaient collées au banc. Je me répétais qu'il fallait me lever, que je devais bouger, lui venir en aide, et pourtant ma propre voix résonnait dans mes oreilles comme si elle sortait de la profondeur d'un puits, hypnotique et paresseuse.

— Il a des yeux de Chinois, a dit un autre.

— Dis-nous quelque chose en chinois, vas-y... Qu'est-ce que tu sais dire? «Suce-moi», tu sais le dire en chinois?

Éclats de rire.

Gio, qui était plutôt du genre à laisser glisser les moqueries, avait maintenant compris qu'ils ne jouaient pas. Il lui aurait suffi de pas grand-chose, de presque rien. D'avoir un frère. Un vrai. Pas une couille molle comme moi. Un frère qui ferait dégager ces petits cons comme on chasse les chiens errants qui grattent dans les parterres. Il lui aurait suffi de trois fois rien pour faire comme si rien ne s'était passé. C'est pour ça qu'il s'est tourné vers moi, pour demander ce petit rien qu'il pensait que j'étais en mesure de lui offrir.

Il a cherché mon regard.

Je l'ai baissé.

Je me concentrais sur les paroles de Kiedis, «*Scar tissue that I wish you saw*».

C'est à ce moment-là que Jacopo a tiré la langue à mon frère, produisant avec sa bouche un bruit répugnant. Gio n'a plus rien compris et il a hurlé: «Tyrannosaure!» Il hurlait le plus fort possible: «Tyrannosaure!» Il voulait que le tyrannosaure le sauve, au moins lui, étant donné que moi je l'avais abandonné. «Tyrannosaure!», il hurlait. Deux, trois, quatre fois. Mais il faut dire que le seul à comprendre qu'il disait «tyrannosaure», c'était moi, son frère inutile. Parce qu'avec sa prononciation empâtée, le cri de Giovanni était surtout un hurlement incompréhensible qui avait encore plus déchaîné l'hilarité du petit groupe.

Je ne regardais pas. C'est seulement à la dérobée, presque par hasard, que j'ai vu s'approcher le père de la petite fille.

Jacopo et ses potes aussi l'ont vu arriver et, pensant peut-être que c'était le père ou l'oncle de ce moitié-dingo qu'ils importunaient, ils ont tourné les talons et sont partis en courant. Le père s'est penché vers sa fille, lui a rajusté le col, lui a dit quelque chose de gentil qui l'a fait sourire, puis lui a pris la main et s'est éloigné.

J'ai attendu de les voir disparaître derrière la fontaine.

Jacopo et ses acolytes avaient déjà repris leurs vélos et étaient partis.

C'est seulement à ce moment-là que je me suis levé et que j'ai couru vers Giovanni.

Il n'y avait plus personne dans le parc : plus de petits caïds, plus d'enfants, même les vieux et les chiens semblaient avoir disparu. Et comme il n'y avait plus personne, je suis tombé à genoux à côté de Giovanni, qui bien que contrarié s'était remis à jouer comme si de rien n'était. Et j'ai fondu en larmes.

Je pleurais, je pleurais. Gio me regardait, curieux, sans faire de commentaire. Je voulais l'embrasser, mais je n'y arrivais pas. J'ai essayé de me ressaisir et je lui ai dit que maintenant, il était temps de rentrer à la maison, mais même le long du chemin les larmes n'arrêtaient pas de couler. Gio me demandait des explications avec les yeux et recevait des larmes en réponse. Je n'arrivais pas à le regarder. En silence – un silence rompu par les mobylettes de passage et les sanglots –, nous avons rejoint l'allée des Châtaigniers.

Arrivés devant notre portail, Gio a sonné.

— Il n'y a personne, j'ai dit en reniflant. J'ai les clés... – Je tâtais mes poches. Je les avais mises où ?

Giovanni a sonné à nouveau.

— Je t'ai dit qu'il n'y avait personne, attends... – et, pendant ce temps, je fouillais mon pantalon, mon blouson, et je m'essuyais le nez avec ma manche.

Giovanni a sonné encore. Ça l'amusait de faire retentir la sonnette.

— Il n'y a personne, tu vas le comprendre ? Attends une seconde...

Mais la clé restait introuvable, je devais l'avoir perdue. Nous étions enfermés dehors. Giovanni, le pouce sur le bouton de sonnette, continuait à sonner, à sonner, à sonner. En souriant. Le bruit de la sonnette me traversait la tête.

— Putain, ça suffit ! Je t'ai dit qu'il n'y a personne, j'ai hurlé. Arrête !

Et, en hurlant, je l'ai poussé par terre.

Little John

— Le secret, m'a dit papa en m'attrapant par les épaules, c'est que tu dois avoir l'air convaincu. – Il s'était mis à genoux sur le tapis et me regardait droit dans les yeux. Il y avait dans l'air une odeur de tomates et d'oignons : maman avait décidé qu'il était temps de faire ses conserves.

— Tu es sûr ?, j'ai répondu découragé, en secouant la tête.

— Demande-moi quelque chose.

J'ai soupiré.

— Quoi ?

— N'importe quoi.

— ...

— Allez, allez, allez, pose-moi une question.

— Qu'est-ce qui est à l'origine du réchauffement climatique ?

— Les pets de mon fils, a répondu papa comme si c'était une évidence.

— Davide !, a protesté maman.

J'ai éclaté de rire.

— N'écoute pas ta maman. Ce que tu dis n'a pas d'importance – et il a serré mes épaules encore plus fort, comme pour y laisser l'empreinte de ses mains. – Ce qui importe, c'est *comment* tu le dis. Tu as pigé ?

J'ai fait oui de la tête.

— Vraiment ?

J'ai acquiescé une deuxième fois.

En rampant dans les broussailles de la vie comme un brigand, j'étais arrivé au jour de l'oral du brevet. Le fait est que la moitié des profs m'adorait, alors que l'autre moitié aurait préféré se rouler dans la boue plutôt que de voir ma tête. En histoire, SVT, maths et EPS (oui, en EPS), je n'étais pas arrivé à la moyenne depuis la guerre de Trente Ans – je n'avais aucune idée de quand elle avait eu lieu, évidemment, mais ça devait être il y a très longtemps–, alors qu'en techno, arts plastiques, italien, musique, anglais et religion (oui, religion, et alors ?) il me suffisait de lever la main pour avoir une bonne note. L'histoire, c'était la première dans ma liste des matières à abattre. Pour une raison mystérieuse, peut-être due à une conformation particulière de mes synapses, il m'était beaucoup plus facile, et de loin, de mémoriser n'importe quel poème de William Blake que de retenir, par exemple, la date de l'armistice de Villafranca*.

Je suis sorti dans le jardin où Chiara, Alice et Gio prenaient leur petit-déjeuner, caressés par un soleil très doux. Il y avait dans l'air cette sorte de joie qui souffle toujours sur la vie et sur les hommes à la fin du mois de juin : les petits oiseaux chantaient, les abeilles bourdonnaient autour des pots de confiture et chaque respiration était une bouffée d'espoir.

— J'y vais, ai-je dit.

— Que la force..., a dit Chiara.

— ... soit avec toi, a poursuivi Alice.

---

* Fin de la deuxième guerre d'indépendance italienne, le 11 juillet 1859.

Je leur ai tourné le dos puis j'ai levé la main en signe de salut et de victoire, mais à la moitié du chemin je me suis retourné à nouveau. « Hey, Joe. »

Il a levé les yeux de son bol de lait de riz et il m'a regardé comme pour dire : *Quoi, qu'est-ce que t'as, tu vois pas que je suis en train de boire ?*

— Je m'en vais, j'ai dit.

— Vingt minutes ?, il a demandé en posant sa tasse des Power Rangers.

— Oui, je pars pendant vingt minutes. Des conseils ?

Gio a indiqué un diplodocus, un dinosaure avec le cou droit et long qui sortait la tête parmi les tasses et les pots empilés sur la table.

— Je dois en sortir la tête haute, c'est ça ?

Il a hoché la tête. Et il a replongé dans son lait.

La réponse était un peu sibylline, mais j'avais décidé de l'interpréter comme bon me semblait.

Quelle qu'en serait l'issue, l'important était d'en sortir la tête haute.

Et c'est comme ça que, la Fosca et moi, tous les deux agités, moi plus qu'elle, les Black Keys dans les oreilles, nous avons couru vers notre destin par cette resplendissante matinée du début de l'été. Le collège était terminé. C'était fou. J'avais l'impression d'être rentré en classe pour la toute première fois la veille. Mais ainsi va le temps : une vraie saloperie. Il sème ta route d'embûches, il ralentit quand tu voudrais qu'il coure, il court quand tu voudrais l'arrêter.

En pédalant vers l'école, ce matin-là, je me suis demandé si la fin du collège était vraiment une fin ou si je pouvais la considérer comme un début : l'aube d'un nouveau jour. J'aurais peut-être pu mettre un peu d'ordre dans mes idées et dans mes peurs, découvrir qui j'étais et ce que je voulais faire. À la maison, nous avions eu une sorte de conseil de guerre pour m'aider à choisir mon orientation pour l'année suivante, et à la fin il avait été décidé que ce serait un lycée scientifique.

À mon arrivée au collège Giorgione, j'ai rencontré Goss dans la cour, elle venait de terminer son oral.

— Alors, ça s'est passé comment ?

— Bof, j'espère qu'avoir dit le nom correctement pourra les convaincre de remonter ma note…

— Quel nom ?

— Le mien.

— C'était si mauvais que ça ?

Elle a haussé les épaules.

— Qu'est-ce que j'en sais ?

— Qui pose les questions les plus difficiles ?

— Mme Tasso, évidemment. Tu te rends compte, elle m'a demandé quand Napoléon avait déclaré la guerre à la Russie. Enfin, je veux dire, je ne me souvenais même pas qu'il leur avait déclaré la guerre. Genre, c'était le premier sujet de l'année…

— Ah non, à la fin !, j'ai répondu, scandalisé. On n'a pas le droit de poser des questions comme ça.

— C'est clair qu'on n'a pas le droit.

Je me suis gratté la joue, j'allais lui dire au revoir et repartir, je me suis ravisé.

— Dis, juste pour savoir, Goss, au cas où elle me demanderait…

— Quoi ?

— Quand est-ce qu'il leur a déclaré la guerre ?

— 1812. À la fin, c'est elle qui me l'a dit. Regard glacial, voix dégoûtée. Tu vois le tableau ?

J'ai fait oui de la tête.

— Bon. J'y vais.

— À plus.

— À plus.

Je suis resté dans la cour à la regarder partir tête basse, les bras ballants, traînant ses pieds qui traçaient au sol deux rails de détresse. J'ai levé les yeux vers la fenêtre de ma classe, tel un condamné. Inutile d'attendre plus longtemps, j'ai pensé. Et j'y suis allé.

Ah, si Arianna avait pu être ici, avec moi. Mais elle avait passé l'oral le jour précédent. J'ai donc dû attendre mon tour dans le couloir avec deux ou trois camarades de classe que je saluais à peine en temps normal, tous enfermés dans leurs propres peurs : il y avait celui qui répétait dates et formules en ne bougeant que ses lèvres, les yeux fermés, on aurait dit qu'il priait, celui qui n'arrivait pas à rester assis et faisait les cent pas, celui qui avait des petits rires nerveux, à croire qu'il s'était sifflé un semi-remorque de café.

Mon tour est arrivé.

— Bonjour, j'ai dit en entrant. – Les tables avaient été disposées en forme de U, la salle de classe était petite, plus petite que dans mes souvenirs, ils devaient avoir déplacé les murs pendant la nuit, alors qu'au-delà des fenêtres poussiéreuses resplendissait un puissant soleil de vacances qui m'empêchait de me concentrer. La salle donnait sur la cour. J'ai pensé qu'il fallait vite que je trouve une porte de sortie. Pour mon évasion. Mais tout était bouclé.

— Tiens, mais c'est Mazzariol, ont dit en chœur les profs de techno, d'art plastique, de musique et d'anglais, en se détendant. Certains m'ont même souri, ce qui m'a fait du bien.

— Tiens, mais c'est Mazzariol, ont dit les profs de maths, EPS et SVT, avec la voix qu'on a en voyant un cafard qui sort d'une fissure dans le mur. Ils ont redressé le dos, ont saisi leur stylo comme on saisit un couteau et ont remonté leurs lunettes du bout du doigt. Certains ont commencé à feuilleter leur manuel à la recherche d'une question à me poser. En plein milieu du peloton d'exécution, la voilà : Mme Tasso, la prof d'histoire. Elle ne m'a même pas salué.

— Qu'est-ce que tu nous présentes ?, a-t-elle demandé sans me regarder.

— Je peux m'asseoir avant ?, j'ai répondu en regrettant d'emblée le ton arrogant qu'avait pris ma phrase en sortant de ma bouche, alors que ce n'était pas du tout mon intention: si je ne m'asseyais pas, je risquais de m'évanouir.

Elle m'a fait signe de m'asseoir.

J'ai traîné la chaise pour l'approcher, provoquant ainsi un bruit affreux.

— Alors?, elle a dit avec une grimace, en tambourinant de ses doigts sur la table.

— J'ai préparé un travail...

Mme Tasso a toussé pour s'éclaircir la voix, puis elle a cherché un bonbon dans son sac à main.

— ... sur l'art de convaincre.

Les enseignants qui m'appréciaient m'ont adressé un regard bienveillant, puis se sont échangé d'évidents signes d'approbation. Les autres ont crispé leurs lèvres genre chou-fleur.

— Allons-y, a grogné Mme Tasso. Parle-nous de ça.

J'ai répondu et je ne m'en suis pas mal sorti.

Mais ensuite, ça a été le moment des questions sur les matières. La partie de l'étape en plaine était terminée, il fallait maintenant attaquer le col. J'avais l'impression d'avoir dans la main la fleur de ma note finale et d'en arracher les pétales en récitant un «Je t'aime, un peu, beaucoup, etc.»: une question venait d'un prof sympa, la suivante d'un méchant, sachant que la seule manière de décider si un prof était sympa ou méchant dépendait s'il était pour ou contre moi, bien évidemment.

La prof de SVT m'a demandé si ma recherche pouvait être mise en relation avec le système nerveux. L'art de convaincre et le système nerveux?, j'ai pensé. Quel rapport? J'étais nerveux et je parlais de persuasion, mais je ne crois pas que le lien était là. J'ai de toute façon répondu oui, car si elle avait posé la question ça voulait dire qu'il fallait répondre comme ça, mais après que je lui ai servi un cocktail de phrases qui ne menaient à rien, elle m'a fait signe de m'arrêter et s'est penchée sur sa feuille pour écrire quelque chose avec la même joie qu'elle aurait eue à retirer une mouche de son assiette. Le prof de techno, un ami, m'a demandé de quel matériel était composé le travail que j'avais préparé. J'ai pensé à un piège, mais non, ça ne pouvait pas être ça, alors j'ai dit: «De papier...», et il a hoché la tête. Le prof d'EPS m'a demandé ce qu'était un mouvement sagittal. En pensant à ce que m'avait dit mon père, j'ai commencé à parler sérieusement du sagittaire et du mouvement qu'il faut pour décocher une flèche, mais le prof m'a bloqué d'un geste de la main avant même que j'arrive à prononcer le mot «constellation».

Bien en musique et en arts plastiques. Très bien en anglais.

Désastre en maths.

Puis ce fut histoire.

Mme Tasso portait un chemisier gris anthracite et un petit pull vert marécage. Avant de poser sa question, elle m'a dévisagé longtemps par-dessus ses lunettes. J'ai retenu ma respiration, j'ai entendu les coyotes hurler à la mort et les ballots de foin poussés par le vent balayer le désert.

— Y a-t-il un sujet dont tu voudrais parler?, a-t-elle demandé dans un sifflement de serpent.

— Enfin, voilà, mon discours sur l'art de convaincre pourrait être relié, par exemple... à la propagande italienne après la conquête de la Libye.

— Tu t'es donc préparé sur la conquête de la Libye?

— Oui.

— D'accord. Parlons de la Seconde Guerre mondiale.

Ce n'était pas vrai que je m'étais préparé sur la conquête de la Libye, au contraire, de tous les sujets c'était celui que je connaissais le moins, mais j'étais sûr que si j'avais dit que je l'avais étudié, elle ne m'aurait pas interrogé. Par contre, la Seconde Guerre mondiale? Qu'est-ce que je pouvais bien savoir sur la Seconde Guerre mondiale?

— En quelle année Hitler a-t-il déclaré la guerre à la Russie?

Panique.

Bruit blanc.

Radiations en provenance de l'espace.

Hitler. Russie. Hitler égal Allemagne. Russie égal Russie. Seconde Guerre mondiale: de 1940 à 1945. L'Allemagne était évidemment contre la Russie. Mon cerveau s'est transformé pendant quelques secondes en chocolaterie de Willy Wonka: les Oompa Loompa chantaient, et la barbe à papa coulait à flots. Lorsque tout à coup, lumineux, voici qu'émerge le souvenir d'une conversation. Vitto, la conférence sur la sécurité routière, le discours sur les coïncidences, et un chiffre: cent vingt-neuf. Hitler et Napoléon avaient fait quelque chose de semblable à cent vingt-neuf années de distance. Qu'est-ce qu'elle avait dit, Goss? Que Napoléon avait déclaré la guerre à la Russie en 1812. Donc Hitler avait fait la même chose cent vingt-neuf ans après. Il suffisait donc d'ajouter 129 à 1812. Mais comment faire la somme de 129 et 1812 sans calculatrice? C'était un calcul *monstrueux*.

— Mazzariol, a dit Mme Tasso.

— Oui?

— J'attends.

— Oui.

1812 plus 129, bon sang. *Réfléchis*, je me suis dit, *du calme et réfléchis*. 1812 plus 100: 1912. Plus 20: 1932.

— Nous n'avons pas toute la journée, Mazzariol. Quand. Hitler. A-t-il déclaré la guerre à la Russie.

— Oui... tout de suite... juste un instant encore.

1932 plus 9, 1932 plus 9, 1932 plus 9... 1943. 1943? Non: 1941.

— Mazzariol, ne me...

J'ai répondu: «1941.»

Mme Tasso a redressé les épaules et écarquillé les yeux, mais juste un tout petit peu. Un léger frémissement est passé sur ses lèvres sans se transformer en quoi que ce soit, surtout pas en sourire.

— Continue, a-t-elle dit.

À partir de là, galvanisé par ma glorieuse prestation, aussi logique que mathématique, j'ai vraiment continué. Ce n'était pas comme si j'avais eu grand-chose de plus à dire mais, en m'accrochant au conseil que m'avait donné papa, j'ai montré chaque gramme de ma hardiesse en alignant toute une série de faits et gestes qui avaient parfois un vague rapport avec la Seconde Guerre mondiale, mais dits tellement vite que j'empêchais quiconque, même Mme Tasso, de m'interrompre pour me poser d'autres questions. Bref, le fait est qu'à un certain moment Mme Tasso a levé les mains avec les paumes tournées vers moi, les yeux mi-clos, et elle a dit : « D'accord, d'accord, Mazzariol. Ça va comme ça. C'est bon. Tu peux y aller. »

Alors je me suis levé, je suis sorti de la salle la tête aussi haute qu'un diplodocus et je suis allé dans la cour. Le monde était une pelote de joie qui ne demandait qu'à être démêlée.

Puis juillet est arrivé. Et avec juillet, la mer.

Tous les ans, nous allions au bord de la mer pendant trois semaines : toujours dans le même camping, toujours dans notre caravane à six places, sur le même emplacement que les étés précédents.

Le programme du bord de mer de la famille Mazzariol était le suivant : réveil à 10 heures, plage, une demi-heure pour étaler la crème solaire à tout le monde, bain, retour à la caravane à midi, déjeuner à 1 heure. Le déjeuner, nous le préparions chacun notre tour, et le samedi, quand c'était le tour de Gio, il y avait pizza. Le dimanche, par contre, chacun espérait qu'un autre se mette comme par magie aux fourneaux. Le repos de l'après-midi était prévu jusqu'à 3 heures, même si avec Giovanni dans les parages il était impossible de se reposer vraiment. Nous attendions donc simplement que le moment de se remettre de la crème arrive, pour aller à la piscine. Nous avions la permission d'y rester jusqu'à 5 heures. Ensuite, goûter avec fruits, Nutella, pain, et encore crème solaire et tous à la mer jusqu'à 7 heures du soir. Puis douche, dîner, danses du camping que nous ne dansions pas, spectacle du camping que nous ne suivions pas. Glace à 10 heures. Puis caravane, pyjama, dodo. Les journées étaient toujours marquées par les mêmes rythmes, mais avec Giovanni elles ne se ressemblaient jamais.

Autour de nous, quatre-vingt pour cent des touristes étaient allemands. C'est là que j'ai appris à dire *Pute bitte* pour : « De la dinde, s'il vous plaît », et *Meine Kuli ist violett*, pour : « Mon stylo est violet. »

Les Allemands.

Des gens intéressants.

Je me souviens que ceux du camping passaient beaucoup de temps devant ou à l'intérieur de leur caravane, ils mangeaient de tonnes de Nutella, ils buvaient des hectolitres de bière et se badigeonnaient sans arrêt de crème solaire. Je me souviens que les enfants se baladaient avec des vélos sans pédales, ceux qui se poussent, ils ne pouvaient pas se baigner (interdit), et donc ils plongeaient dans la piscine même quand ce n'était pas permis. Je me souviens de ma stupeur en les voyant dîner lorsque nous terminions à peine notre goûter. Ils utilisaient des mots interminables, et dans chaque famille il y en avait toujours un qui avait le maillot d'un des joueurs de l'équipe nationale de foot. Parmi les Italiens du camping, d'autre part, il y avait une famille avec un petit garçon de neuf ans qui passait sa journée à tirer vers nulle part avec un fusil miniature d'où sortait le son *fire fire*. Une autre famille avait disposé avec une fierté évidente une série complète de nains de jardin devant la porte de sa caravane.

Cet été-là, trois événements d'une importance capitale allaient se produire.

Le premier a eu lieu un soir, pendant un de ces spectacles épouvantables qui étaient organisés par les animateurs. À vrai dire, le spectacle en question était moins épouvantable que d'autres, le sujet en était *Le Roi Lion* et il faut dire que tous les quatre, Chiara, Alice, Giovanni et moi, étions allés nous asseoir au premier rang. Sur cent chaises, quatre-vingt-seize étaient occupées par de blonds Teutons, quatre par de bruns Mazzariol. Malgré une évidente majorité d'étrangers, le camping s'obstinait on ne sait pas pourquoi à créer ses spectacles en italien, raison pour laquelle les quatre-vingt-seize Allemands blonds regardaient alternativement la scène puis les bruns Mazzariol pour comprendre quand il fallait rire ou bien applaudir.

À un certain moment, pendant une phase de lutte plutôt animée entre Scar – pas mon ami, celui du spectacle – et Simba, je me suis rendu compte que Gio, qui était assis à côté de moi une seconde avant, avait disparu.

J'ai secoué le bras de Chiara.

— Eh !, Gio s'est barré.

— Pour aller où ?

— Aucune idée.

Chiara s'est levée pour regarder autour d'elle, et là nous avons entendu les Allemands rire. Je me suis dit qu'ils avaient peut-être mal interprété le mouvement de ma sœur. Mais non. Alice s'est aperçue la première de ce qui se passait.

— Regardez, le voilà..., elle a dit en indiquant la scène.

J'ignore comment Gio y était grimpé et, pris de fureur vengeresse, s'était jeté sur l'acteur qui interprétait Simba (le gentil) en train de lutter contre Scar (le méchant).

— Je vais le chercher, ai-je dit en soufflant, et j'allais me lever lorsque Chiara m'a attrapé le bras.

— Non, laisse-le.

— Mais...

Ma sœur m'a retenu et je me suis rassis.

— Laisse-le faire. Pas obligé que les histoires se terminent toujours comme elles ont été écrites.

Apparemment, Giovanni n'avait pas parfaitement compris qui était le gentil et qui était le méchant, et comme il éprouvait une sympathie instinctive pour Scar, il avait décidé de voler à son secours, en s'acharnant de toutes ses forces contre les jambes de l'autre acteur. Selon le scénario, le gentil aurait dû gagner la bataille, mais tout en essayant de continuer sa scène et de se libérer de Gio sans lui faire de mal, il avait fini par trébucher sur un rocher, emportant dans son élan la toile de fond en carton-pâte, palmier artificiel inclus.

Parmi les enfants allemands, l'euphorie s'était vite transformée en un véritable délire : ils s'étaient levés d'un coup tous ensemble et ils avaient commencé à battre des mains et à crier comme des possédés leurs longues phrases incompréhensibles.

Jamais aucun spectacle, dans l'histoire du camping, n'avait rencontré un tel succès.

Le second événement de ces vacances à la mer a eu comme personnage principal le petit garçon italien, celui avec le fusil qui faisait *fire fire*. Un matin, il s'était approché d'Alice, Gio et moi, nous étions en train de nous balader dans les chemins du camping en attendant que Chiara, maman et papa se réveillent. Quand il nous a vus, il a épaulé son fusil comme s'il avait dû affronter une patrouille ennemie, et :

— Il a quoi ?, il nous a demandé en nous arrêtant et en braquant son fusil sur nous.

— Qui ?, a demandé Alice.

Il a indiqué Gio du menton.

— Lui.

Alice s'est tournée pour regarder notre frère, comme si elle n'avait pas compris. Puis, d'un air surpris, elle a demandé :

— Pourquoi ?

— Il parle bizarre.

— Il parle bizarre ?

— Et il a une tête bizarre.

— Oh !, a fait Alice, avec un grand sourire conciliant et le doigt appuyé sur sa tempe. J'ai compris. Désolée. C'est qu'on n'a pas l'habitude de rencontrer des gens qui n'y sont jamais allés...

— Où ça?

— Au Groenland.

Le petit garçon au fusil a froncé les sourcils.

— Au Groenland?

— Oui. C'est là qu'on habite une partie de l'année. Notre père est explorateur.

— Vous habitez au Groenland?

— Une partie de l'année seulement..., a précisé Alice en faisant flotter sa main en l'air. Lui, il est né là-bas, c'est pour ça qu'il ne parle que groenlandais, bien évidemment. Ses traits somatiques aussi sont groenlandais.

— Groenland...

— Groenlandais. Appelé aussi *Kalaallisut*. Ou Esquimau du Groenland.

Le petit garçon a ouvert la bouche comme un poisson, les joues et les yeux flasques. Le fusil toujours braqué sur nous.

Giovanni a dit quelque chose. Quelque chose dont le sens était: devons-nous vraiment rester ici et perdre notre temps avec cet idiot? Alice, avec une grande présence d'esprit, a répondu en lançant l'un après l'autre une série de mots avec beaucoup de *t* et beaucoup de *k*.

— Vous avez dit quoi?, a demandé le petit garçon au fusil.

— Qu'il est l'heure de partir. Nos parents ont déjà dû faire bouillir le lait de renne.

— Lait de...

— Oui, je t'assure, si tu savais comme il est difficile d'en trouver... Je ne comprends pas pourquoi ils ne l'importent pas. Bon, c'était un plaisir de faire ta connaissance. Si tu veux goûter du lait de renne, tu passes nous voir...

Alice a repris sa balade, laissant derrière elle le petit garçon éberlué comme s'il avait vu atterrir devant lui une soucoupe volante. Giovanni lui a souri et lui a fait de la main ciao ciao.

Moi je suivais. Quand nous avons été suffisamment loin, je me suis retourné pour jeter un coup d'œil : il était encore planté là, son fusil en l'air et le regard figé sur nous, plein de stupeur.

— Tu as été extraordinaire, j'ai dit à Alice. D'où t'as sorti toute cette histoire sur le Groenland ?

— C'est ce que j'ai appris hier, a-t-elle répondu d'un haussement d'épaules. Ça faisait partie de mes devoirs de vacances.

Je l'ai observée.

J'ai été jaloux d'elle.

J'ai été jaloux de son aisance à défendre Giovanni. Celle que j'aurais aimé avoir, au parc, quelques mois auparavant. C'était justement ce que je n'arrivais pas à faire. Le courage que je n'arrivais pas à trouver en moi. Alice était ma petite sœur, mais elle s'était montrée immense par rapport à moi.

Le troisième événement important a été l'histoire du Nutella. Voilà comment ça s'est passé. Gio et moi étions allés au supermarché acheter du lait pour le petit-déjeuner – pas celui de renne, non –, et puisqu'on était là, sachant que le Nutella était presque terminé, j'ai dit à Giovanni d'en prendre un pot pendant que j'allais au rayon crémerie.

Après avoir attrapé notre bouteille de lait demi-écrémé, je suis retourné le chercher.

Et je l'ai trouvé.

Je l'ai trouvé dans le rayon des confitures et biscuits.

Mais je n'en croyais pas mes yeux.

Au lieu de prendre un seul pot de Nutella, Gio s'était emparé d'un chariot, l'avait traîné dans le rayon et l'avait rempli de pots. Ou plutôt, pas *de* pots mais de *tous* les pots de Nutella qui étaient sur l'étagère. Il l'avait vidée puis il était monté dans le chariot et maintenant il m'attendait, assis en tailleur, les bras croisés : roi d'une colline de chocolat.

La première chose que j'ai ressentie, comme d'habitude, comme chaque fois qu'il se comportait de cette façon, était un mélange de colère et d'embarras. Voilà, j'ai pensé, maintenant ils vont venir nous engueuler, ils vont s'en prendre à moi et on va encore passer pour des nases.

— Qu'est-ce que tu as foutu ?, j'ai crié mais sans crier, en étouffant mes mots.

Il a répondu quelque chose, genre on aurait du Nutella pour toujours, pour toute la vie, il m'a fait signe de pousser et de nous sauver puis il a pris sa pose d'empereur du néant, comme à son habitude : il a mis une main sous le menton, l'autre sur la hanche et il a fait son air méchant.

À ce moment-là, il s'est passé quelque chose.

Je ne saurais dire quoi, précisément.

Quelque chose comme le soleil du matin filtré par le store qui essaye de le retenir mais ne peut pas car, liquide et nécessaire, le soleil ne se laisse pas entraver, il se glisse dans chaque trou, dans chaque fissure. J'ai pensé à Alice, à sa réaction devant le petit garçon au fusil. J'ai pensé à Chiara, quand elle m'avait dit de le laisser faire car c'était pas obligé que les histoires se terminent toujours comme elles ont été écrites. Voilà. Qui donc avait déjà écrit notre histoire ? Qui donc avait rédigé le scénario des rapports entre Giovanni et moi, entre moi, lui et le monde, qui donc ? Personne. Les écrivains, c'étaient nous. La responsabilité de décider comment se terminerait cette histoire, d'ailleurs, ne tenait qu'à moi. Personne n'était là pour verser dans mon cœur cette peur du jugement des autres, j'étais seul à la nourrir.

J'ai décidé de me prendre au jeu.

J'ai souri. J'ai souri à Giovanni et à sa vie décalée, à cette manière légère qu'il avait de se moquer de tout et de tout le monde. J'ai pensé que le camping était plein d'Allemands qui se nourrissaient de Nutella et de bière, et que quelqu'un passerait sans doute, tôt ou tard, en acheter un pot. Emporté par une soudaine euphorie, j'ai pris le chariot avec Gio dedans, je l'ai poussé au fond du rayon et nous nous sommes assis pour attendre. Au bout de dix minutes à peine, un monsieur en sandales et marcel, débordant de germanitude par tous les pores, s'est approché de l'étagère à la recherche de quelque chose qu'il ne trouvait apparemment pas. Il a regardé autour de lui, incrédule, marmonnant quelques mots, puis, déçu, il a repris son chemin. Il est venu dans notre direction, le regard rasant le sol. Il est passé devant nous. Il a levé la tête et les yeux, et c'est là que son regard s'est illuminé. Il avait vu notre chariot plein de pots de Nutella.

Il nous a regardés. Puis à nouveau le chariot. Puis nous, à nouveau.

— Nutella, il a dit en montrant les pots.

— *Ja*, j'ai répondu.

Il s'est alors lancé dans un truc hyper-long, une phrase à la Mary Poppins avec plusieurs *m* et quelques *z* qui, fort probablement, voulait dire qu'il avait un besoin absolu d'un pot de Nutella, et il nous demandait si, de grâce, nous pouvions lui en céder un des nôtres.

— Un seul ?, j'ai demandé en levant mon index.

— *Ja*. Un..., il a répondu.

J'ai pris un air dubitatif. Gio et moi avons feint de discuter entre nous avec vivacité. Après un très long moment où nous pouvions voir notre Allemand frémir comme une frite, nous avons consenti du haut de notre magnanimité à lui céder un pot.

Encore un peu et il nous embrassait. Il ne savait plus comment nous remercier. Il s'est même incliné, une ou deux fois, en serrant le pot contre sa poitrine, et avant de repartir vers les caisses il nous a crié un *Danke* puis s'est retourné en saluant de la main.

Gio et moi n'avons même pas eu le temps de commenter qu'immédiatement deux autres Allemands, une maman avec son bébé minuscule et un monsieur d'un certain âge, se sont approchés, à quelques secondes d'intervalle, de l'étagère où, hélas, ils ne pouvaient trouver les pots de Nutella qu'ils cherchaient. Ça s'est passé un peu de la même manière : ils passent à côté de nous désespérés, ils voient notre chariot, ils voient Giovanni assis sur les pots. Là, ils commencent à pédaler dans l'italien comme on pédale dans la semoule, en truffant leurs phrases de fautes si marrantes qu'il nous fallait vraiment penser aux choses les plus tristes du monde pour ne pas exploser de rire. Eux, par contre, se confondaient en remerciements devant nous, resplendissants de générosité, qui avions accepté de partager quelques pots de Nutella. Le monsieur d'un certain âge nous a même laissé un pourboire. J'ai essayé de le refuser, mais il m'a mis dans la poche un euro, il m'a décoiffé et s'est enfui, comme s'il avait eu peur qu'on change d'avis.

Nous avons passé presque une heure à distribuer des pots de Nutella, offrant du bonheur.

Puis nous sommes revenus à la caravane. Mais sans la chose essentielle : le Nutella. Papa ne nous a pas parlé pendant une heure.

Le restant du séjour, nous avons été assiégés par les Allemands qui, lorsqu'ils nous rencontraient un peu partout dans le camping, s'arrêtaient pour nous saluer, nous remercier, et plus d'un avait tenu à dire à papa et à maman qu'ils avaient élevé des enfants merveilleux.

Puis vint le moment de rentrer à Castelfranco, la patrie du radicchio.

Mais ce n'était pas un retour habituel. Quelque chose avait changé. En moi et autour de moi.

Vitto était en vacances aux États-Unis avec ses parents, Arianna dans les Pouilles chez quelqu'un de sa famille et elle avait décidé d'éteindre son portable pour se désintoxiquer ou quelque chose dans le genre, et comme je ne voulais pas appeler ses parents, la seule manière que j'avais d'entendre sa voix était de laisser parler le répondeur.

Heureusement, il y avait Brune et Scar.

J'avais pris l'habitude, après le déjeuner, de prendre la Fosca et de partir avec eux pour l'aventure. Rien d'illégal. Et quand bien même ça le serait, Scar disait toujours qu'avec notre système de justice nous aurions le temps de devenir députés et de changer les lois. Nous allions à vélo à Vicenza, en passant par des chemins de traverse. Nous allions piquer des épis de maïs. Nous allions sonner aux portes et lancer des bombes à eau. Nous allions fumer des cigarettes dans le jardin d'une villa abandonnée où nous entrions en escaladant un muret.

Un jour, vers la fin de l'été, j'ai invité à nouveau Brune et Scar chez moi, pour faire de la musique. À l'époque, on commençait à écrire nos propres morceaux. Avant de me rendre compte de ce que je faisais, nous nous dirigions déjà vers l'allée des Châtaigniers. Je ne savais pas qui serait à la maison. Je n'y avais même pas pensé.

Nous sommes entrés en criant «Salut, rentré, en bas, pour jouer, ne pas déranger», et nous sommes descendus au sous-sol. Brune a pris la guitare, Scar s'est mis à la batterie, moi au clavier. À l'époque, je me souviens, nous discutions encore du nom de notre groupe. Nous hésitions entre Les Pierres roulantes, Les Tchatcheurs sachant tchatcher et Teletubbies Killer, mais aucun ne nous satisfaisait. Après nous être échauffés avec une *cover* de Biffy Clyro, nous avons commencé à jouer, un peu au pif, dans l'espoir de tomber sur une petite mélodie intéressante et nous étions là, penchés sur nos instruments, ravis par l'extase créatrice, lorsque sur les marches qui montaient à la cuisine est apparu Giovanni.

Je suis resté bloqué.

J'ai retenu mon souffle.

J'ai arrêté de jouer.

Sans bouger ni la tête ni le cou, mon regard a couru de Giovanni à Brune à Scar, puis de Scar à Brune à Giovanni. Gio était en tenue de sport. Il nous regardait en silence. Lui. Ses yeux. Son visage. Sa posture inclinée. Il a commencé à se démener au rythme de la batterie de Scar et il a fait semblant de jouer de la guitare pour imiter Brune. Il riait. Et il riait. Et il riait encore. De la même manière, avec un naturel que je n'aurais jamais imaginé – je me demande encore pourquoi je ne m'y attendais pas –, mes deux amis aussi riaient, ils riaient et jouaient. Comme si le fait de voir soudainement apparaître devant eux un enfant trisomique était la chose la plus naturelle du monde.

Je pensais (je vous jure que je le pensais vraiment) : Mais vous ne voyez pas qui c'est ? C'est mon frère. Et il est trisomique. Ça ne vous étonne pas ? Ça ne vous paraît pas bizarre ? Vous ne me demandez rien ? Vous ne faites aucune blague idiote pour étouffer le malaise ? Ça veut dire quoi, toute cette tranquillité, toute cette nonchalance ? Pourquoi vous n'êtes pas étonnés que je ne vous aie jamais parlé de lui ? Parce que, si sa présence ne vous étonne pas, au moins le fait que je vous l'aie caché devrait vous surprendre, non ?

Non.

Ils n'étaient pas surpris.

Ils le regardaient amusés, en continuant à jouer.

J'ai senti monter dans ma gorge le goût acide du malaise. Mais encore une fois, la voix de Chiara a résonné dans mes oreilles comme le soir du spectacle du *Roi Lion* : *Laisse-le, laisse-le faire.*

Gio aimait la musique parce que la musique, c'est le mouvement : tout lui plaisait, même notre impro médiocre. Il s'est approché de la guitare de Brune et il a dansé un certain temps, pendant que mon ami se lançait dans une méga-glissade sur les genoux comme dans *Rock Academy*. Puis il est allé voir Scar, il a grimpé le long de ses jambes et Scar l'a laissé faire. Il a frappé toutes les cymbales à sa place, hors tempo évidemment, mais comme nous n'étions pas franchement le meilleur groupe de rock au monde, ça passait plutôt inaperçu. Brune et Scar continuaient à jouer. Gio ne les dérangeait pas. J'étais le seul qui s'était arrêté.

Quand Gio s'en est aperçu, il a décidé qu'il était temps de venir prendre ma place au clavier.

Il a commencé à frapper sur les touches et il en est sorti par hasard un truc du genre *do mi fa do* avec une mesure à sept temps. Brune l'a repris avec sa guitare. Scar a suivi avec la grosse caisse, le tom et la caisse claire. Je ne comprenais pas. Ils étaient en train de jouer avec mon frère? C'est à ce moment-là que j'ai commencé à me sentir vraiment idiot.

Et j'ai recommencé à jouer.

Gio est parti en courant.

Il est revenu une minute après avec un drôle de chapeau sur la tête et pas mal de doudous entre les mains. Il a repris sa danse. Brune et Scar ne souriaient plus, ils riaient, mais d'une belle façon, pleine, avec du ventre et du cœur. Gio a fait danser ses doudous sur les notes de notre chanson, puis il les a lancés sur Scar qui les repoussait en utilisant les baguettes de la batterie comme des battes de base-ball. Puis Brune à son tour a fait l'objet d'un tir à la cible et il a commencé à courir dans toute la pièce sans s'arrêter de jouer, poursuivi par Gio qui essayait de l'atteindre avec un T-rex.

La musique était en train de faire ce qu'elle sait faire de mieux: éliminer les différences. J'ai pensé que devant deux amplis nous sommes tous égaux. La musique entre dans les corps et les corps réagissent. Il y avait Brune qui sortait la langue, Scar qui dodelinait de la tête, moi qui gardais les yeux fermés et balançais les épaules, Gio qui lançait des doudous et dansait.

C'est seulement après, au moment de nous quitter, que j'ai parlé à Scar et Brune. Je leur ai tout raconté. De Gio et de la fois où ils étaient venus. Du fait que j'avais eu peur de leur en parler, peur de leur jugement. Et, comme c'était prévisible, ils m'ont dit que j'avais été un idiot.

Nous avons appelé notre première chanson *Little John*.

Un après-midi, début septembre, les Mazzariol au grand complet sont allés assister à un spectacle dans lequel Giovanni jouait.

Il n'avait plus peur du public ou de la scène comme au temps de l'école maternelle, et il s'était laissé convaincre de faire du théâtre avec une troupe de personnes handicapées. Cette année-là, ils mettaient en scène *Thésée et le Minotaure*: une façon de réfléchir aux labyrinthes de la société, surtout ceux qui enferment les personnes étiquetées comme différentes. Gio avait quelques répliques, dont une en particulier que je n'ai pas oubliée. À un certain moment, un type avec une barbe blanche lui demande ce qu'il aurait emmené avec lui en Crète. Sa réponse a été: «Des chips et du Coca.»

Pas exactement le texte qui était prévu.

Pendant la réception qui a suivi le spectacle, entre un verre de jus d'orange et un biscuit apéritif, tous parlaient de capacité et d'incapacité, des choses qu'ils étaient capables de faire et de celles qu'ils ne savaient pas faire: on se serait cru dans un Pokemon Center.

— Le tien, il fait quoi?

— Le mien fait des roulades. Et le tien?

— Le mien bouge le bras droit comme un marteau.

— Oh! Si vous saviez ce que fait le mien quand il se fâche...

À un certain moment, pendant que je remplissais mon assiette de minuscules saucisses enrobées de pâte feuilletée, un garçon trisomique s'est approché de moi, il devait avoir une vingtaine d'années, même s'il est toujours difficile de deviner leur âge: on a l'impression de voir des enfants qui auraient vieilli trop tôt.

— Salut, moi c'est Davide, a-t-il dit la bouche pleine de chips.

— Salut, moi c'est Giacomo – et je lui ai serré la main.

— Moi je suis trisomique. Et toi?

— Moi... euh, non, j'ai rien, je... je suis là pour... – et j'allais indiquer mon frère, mais il m'a interrompu.

— T'as rien? Arrête. Impossible. Nous avons tous nos handicaps. Même Tommy, lui aussi il était handicapé. Tu le vois, dans le jardin? – et il a montré un autre garçon trisomique qui parlait aux touffes d'herbe.

— Oui, je le vois.
— Tommy était trisomique. Il est guéri, maintenant.
— Comment il a fait pour guérir?
— Il a dit que grâce aux carottes qu'il a mangées l'autre jour il n'est plus triso. Moi, j'y crois.
— ...
— Mais parlons de toi. Il doit bien y avoir quelque chose que tu ne sais pas faire.
J'ai réfléchi un instant, puis j'ai dit:
— Je ne sais pas repasser.
— Ah, oui!, il a dit en souriant. La repassyndromie. Écoute, a-t-il ajouté en baissant le ton de sa voix, il vaut mieux être trisomique qu'avoir la repassyndromie.
— Pourquoi?
— Comment ça, pourquoi? Tu as des aides pour ça?
— Non.
— Eh bien moi, j'en ai. L'État me paye pour être trisomique et je ne dois rien faire en échange. Tu piges? Ils me donnent de l'argent pour le seul fait que j'existe. La trisomie, c'est le futur.
— Enfin, je ne suis pas sûr que...
— Je ne dois pas travailler. Maman me fait encore ma lessive parce qu'elle pense que je ne suis pas capable de la faire moi-même. Ils m'emmènent à droite à gauche, je n'ai pas besoin de passer mon permis. Je ne dois pas me trouver une maison parce que mes parents veulent me garder pour toujours, du moins pour l'instant. T'aimerais bien, hein?
— En effet, j'ai souri, ça n'a pas l'air mal.
— Cela dit...
— Cela dit quoi?
— Cela dit, Matteo, j'ai passé une période difficile.
— Je m'appelle Giacomo.
— Oui, Giacomo. J'ai passé une période, Giacomo, où ils me lançaient des tables, des chaises et des livres. Au lycée.

Ils m'appelaient « monstre », « idiot », « handicapé », « singe ». Ils me voulaient du mal. Si seulement ils avaient su...

— Quoi ?

— Que grâce à eux, j'ai commencé à me plaire. J'ai commencé à remercier Dieu de ne pas m'avoir fait comme ça, comme ceux qui se moquaient de moi. Ils s'en sont moins bien tirés : ils sont nés sans cœur. J'ai même commencé à remercier Dieu pour ce chromosome en plus. Attends, il serait où, ce chromosome en plus ? – Il était en train de regarder son corps. – Il se trouverait à l'intérieur du noyau des... Ah voilà, je l'ai trouvé – et il a indiqué un point entre le cœur et le foie. – Je suis content de ce que je suis, a-t-il dit en gardant son doigt appuyé sur son pull. Je suis content de mon caractère, de mes amis, de ma famille, de la vie. Nous faisons partie de la vie - et il a fait un grand geste avec les mains. – La vie est la seule chose qui se crée de nulle part. Elle prend des formes différentes : une fleur, un faon, une pierre... non, pas les pierres, même si, quand tu les lances, elles bougent et donc... bref, un faon, Davide, Giacomo, Filippo, Laura, une chanson des Bee Gees.

Je lui ai souri.

— C'est sûr, je ne serai jamais un chercheur, a-t-il dit, mais personne ne fait des beignets comme les miens.

— Tu sais faire les beignets ?

— Oui.

— Aux pommes ?

— Oui.

— T'en as apporté ?

— Ils sont là-bas, a-t-il dit en indiquant la table à ma gauche.

Nous nous sommes approchés. Je les ai goûtés. C'étaient les meilleurs beignets que j'aie jamais mangés. J'adore les beignets aux pommes.

Mon portable a sonné. C'était Arianna. J'ai pensé qu'elle devait être rentrée des Pouilles et qu'elle voulait me voir avant notre premier jour au lycée. Je suis allé dans un coin du Pokemon

Center, loin du brouhaha, pour bien entendre sa voix. D'où j'étais, je pouvais voir mon frère jouer avec ses amis. Oui, je voulais lui dire. Avec lui devant les yeux, je voulais dire à Arianna pour mon frère.

— Arianna

— Jack, je dois te dire quelque chose...

— Moi aussi.

Gio était en train de jouer à colin-maillard. C'était le moment. Son sourire me donnait de la force.

— D'ac, a dit Arianna. Tu commences.

Mais j'ai senti une vibration bizarre dans sa voix, alors j'ai répondu que non, c'était elle qui avait appelé, c'était donc elle qui commencerait.

— Je change de ville, Jack, elle a dit. Je déménage.

Spack frush snap

Arianna avait déménagé à Milan. La décision avait été soudaine, à cause du travail de son père. Toujours est-il qu'entre une chose et l'autre, malgré un goûter dans un bar du centre dont je me souviens comme d'un des moments les plus tristes de ma vie, malgré les appels téléphoniques remplis de ces silences lourds de sentiments inexprimés, de phrases hachées, malgré les promesses continuelles de nous revoir – j'irais à Milan, elle reviendrait à Castelfranco –, il nous avait fallu attendre des mois pour arriver à nous rencontrer. Je n'avais toujours pas réussi à lui parler de Gio. Ce n'était pas un sujet qu'on pouvait aborder au téléphone ou au milieu des cartons de déménagement.

Et puis, tout est arrivé le même jour, le jour du carnaval.

Dimanche 19 février, je me suis réveillé plus tard que d'habitude, mais avec bien claire dans ma tête la promesse faite à Giovanni quelques jours plus tôt de l'emmener au défilé des chars. Il était tellement excité qu'il ne m'avait pas sauté dessus, à l'aube, pour me réveiller, peut-être uniquement parce que mes parents l'avaient convaincu que je tiendrais ma promesse s'il me laissait suffisamment dormir ?

Après le petit-déjeuner, nous sommes descendus au sous-sol pour fouiller dans ce qu'on appelle, en famille, « la malle aux folies », une malle énorme où nous fourrons tout ce qui pourrait servir un jour à se déguiser ou à faire des blagues ou des trucs de ce genre-là. J'ai pris une perruque blonde, un chapeau de sorcière, un pantalon moulant rose et un gros nez de clown. Gio, une perruque bleue, un pantalon vert avec une queue de dragon, une veste rouge de torero et des oreilles d'elfe. Pardessus, il a enfilé son blouson orange qui, en soi, ressemblait à un déguisement, mais n'en était pas un.

Nous sommes sortis de la maison vers 10 heures et avons rejoint la grand-place de Castelfranco en ramassant les confettis encore en bon état que nous trouvions par terre. Il n'y a rien de plus triste que des confettis laissés à pourrir dans les caniveaux, en attendant que la pluie les emporte dans les égouts. Imaginez : ils sont fabriqués, découpés, ils attendent pendant des mois enfermés dans des sachets, tout ça pour rester en l'air trois secondes et être ensuite piétinés en attendant les éboueurs. Giovanni et moi étions opposés à tout ça. Nous en avons ramassé trois sachets. Ou du moins, j'en ai ramassé trois sachets. Gio préférait se les fourrer dans les poches, les oreilles, le nez ou n'importe quel orifice susceptible d'en recevoir ne serait-ce qu'un.

Un quart d'heure de promenade, et nous voilà sur la place.

Plein de monde, en gros tout Castelfranco était là. Toutes les dix secondes, nous rencontrions un ami, un camarade de classe, un parent d'élève à saluer. On saluait, moi en perruque blonde et pantalons roses, avec Giovanni.

Nous deux, ensemble.

Même pas honte.

C'était une de ces choses qui ne s'expliquent pas, elles arrivent, c'est tout.

La situation avec Giovanni s'était considérablement améliorée depuis le retour du camping, depuis qu'il était descendu au sous-sol pour jouer avec Brune, Scar et moi, depuis que j'avais presque réussi à en parler avec Arianna, depuis que j'avais commencé à lui retirer son code-barre avec le mot « trisomique » écrit dessus et que j'avais commencé à le voir pour ce qu'il était, comme mon père avait tenté de me l'apprendre, bien des années avant, le jour où j'avais trouvé le livre à la couverture bleue. Quand il avait déboulé dans la chambre, un après-midi, pour me demander de l'accompagner au carnaval, lui et moi déguisés, lui et moi au milieu de la foule, il m'avait semblé évident de lui répondre : « Oui, bien sûr. »

— Regarde, a dit Gio dans la rue, en sortant quelque chose de la poche de son blouson.

— C'est quoi ?

— Des billets.

— Pour quoi ?

Il me les a passés pour que je lise moi-même : c'étaient des billets pour les attractions de la fête foraine.

— Eh ! C'est super. Tu les as pris où ?

— Secret, a-t-il dit.

Secret, bien sûr. Tout le monde sait bien que ces billets proviennent de magouilles ou d'échanges de services pendant les récréations. D'ailleurs, c'étaient des billets pour le Tagada et les autos tamponneuses, les plus durs à trouver au marché noir. Cela dit, ça n'avait pas grande importance pour Gio. Je veux dire par là que le petit manège avec ses chevaux de bois ou la toupie qui accélérait et descendait de façon vertigineuse l'amusaient tout autant.

Le carnaval en ville, c'est avant tout du son. Une chanson de Prodigy lancée à plein volume, mélangée au bruit de la machine à barbe à papa, aux chœurs chantés en dialecte, aux percussions des chars des grosses têtes, aux rires des enfants qui se lancent des confettis par poignées comme des boules de neige. Avant d'aller sur la place, nous sommes passés chez le glacier. Pour Gio, c'était un peu comme un péage d'autoroute : sans sa glace, pas d'accès à la place.

Quand, à la fin, nous sommes arrivés parmi les lutins, les fées, les super-héros, les filles qui étaient des garçons et les garçons qui étaient des filles, les Transformers ratés, les Pokémons et les Winx, je me suis senti vraiment libre. Comme au camping, entouré d'Allemands, mais cette fois je marchais sur les mêmes pavés que j'empruntais tous les jours pour aller à l'école. J'étais chez moi. Pour la première fois, mes actions et mes intentions coïncidaient. J'étais moi-même.

Après bien des années, je recommençais à m'amuser avec Gio.

Pour commencer, je l'ai perdu dans le labyrinthe des miroirs, et quand, à la fin, j'ai réussi à en sortir en suivant ses traces de crème glacée sur les miroirs, il avait déjà été englouti par la foule. Je me suis frayé un passage, en jouant des coudes, entre les zombies, les cow-boys et les danseuses, en me demandant où il pouvait bien être, ce qui avait pu attirer son attention. J'étais en panique. C'était la première fois que je sortais avec Gio pour une occasion comme celle-là. Papa et maman m'avaient bien dit de ne jamais lui lâcher la main et tout le tralala. J'ai levé les yeux vers les enseignes qui brillaient au-dessus de la tête des gens. Star Wars ? Non, trop compliqué. Une énorme femme nue qui vous asperge de mousse par les nichons ? Non, trop tôt. Le manège de Shrek ? Oui, ç'aurait pu être ça. J'y suis arrivé à bout de souffle, après avoir scanné des dizaines de visages, blousons, chapeaux, mieux qu'un satellite espion américain. À mon grand soulagement, je l'ai vu à califourchon sur un petit âne, à côté d'un gentil garçon qui le tenait par-derrière pour qu'il ne tombe pas. J'ai crié, il m'a vu et il a sauté de joie. Tout heureux, il a serré dans ses bras le garçon qui le tenait.

Au stand de pêche à la ligne, au lieu de pêcher des cygnes en plastique pour marquer des points et gagner un prix, Gio a pêché directement le cadeau qu'il voulait : un zèbre en peluche. Le propriétaire a commencé par le gronder mais, après réflexion, il lui a laissé le zèbre, disant que c'était la première fois qu'une chose pareille lui arrivait.

Ensuite, Gio a débranché en douce la prise de courant du punching-ball, par vandalisme ou au nom de la paix dans le monde, je l'ignore. Puis quand il a vu un enfant déguisé en dinosaure, il l'a attendu au tournant et l'a fait rouler par terre. Nous avions eu la riche idée de prendre un grand seau de pop-corn avant de monter dans la grande roue panoramique, mais il lui a glissé des mains quand on est arrivés en haut ; les passants n'ont pas apprécié. Puis, avec les billets cadeaux qu'il avait reçus, nous nous sommes embarqués dans une série infinie de tours d'autos tamponneuses. À la fin, furieux, il s'est précipité pour se plaindre à la billetterie parce qu'il s'était trop souvent fait tamponner : « Ça se fait pas », a-t-il dit en levant son doigt. Puis il a vu une petite fille déguisée en fée et, ne sachant pas comment engager la conversation, il a eu l'idée de lui faire un croche-pied pour pouvoir l'aider à se relever.

Dans cette apothéose de liberté, de retour à l'essentiel, à un certain moment nous nous sommes lancés dans une danse déchaînée sur les notes d'un morceau de U2. Les gens autour se moquaient de nous ? Eh bien, comme l'avait dit Davide, le trisomique de vingt ans qui savait faire les meilleurs beignets du monde, ceux qui ne nous apprécient pas ne font qu'augmenter notre propre estime. Les gens se moquent de ce qu'ils ne comprennent pas, de ce qui leur fait peur. En plus, je me disais : regarde jusqu'où est arrivé Bono.

Gio n'y prêtait aucune attention. Pour lui, ceux qui riaient de lui étaient simplement des gens en train de rire *à côté* de lui et il les laissait faire. De toute façon, il riait encore plus qu'eux.

C'est ce jour-là que nous avons inventé notre salut privé. Concrètement, on tope – *spack* –, puis glissement des mains – *frush* – et on fait claquer le pouce et le majeur – *snap*.

C'est aussi le jour où, rentrant à la maison au soleil couchant, j'ai entendu derrière moi quelqu'un qui m'appelait.

C'était Arianna.

En chair, blouson et parfum.

Je n'en croyais pas mes yeux. Elle avait des écouteurs sur les oreilles, elle les a retirés. J'ai retiré mon chapeau de sorcière et ma perruque blonde frisée. Le pantalon rose moulant, je l'ai gardé.

— Salut, j'ai dit, paralysé par l'émotion.

— Salut.

— T'es là...

— Ouais.

— Au passage, t'aurais pu me prévenir...

— Je t'ai envoyé un message.

— Quand ?

— Ce matin.

J'ai cherché mon portable dans la poche de ma veste. C'était vrai. Elle m'avait envoyé un message. Mais dans tout ce bazar, avec Giovanni et tout, j'avais même carrément oublié que j'avais un portable.

— Tu as raison, désolé. C'est que... Comment tu vas ?

— Bien, et toi ?

— Bien.

C'était Arianna. Toujours la même. Elle avait bien un nouveau piercing à côté du sourcil, c'est vrai. Elle avait sans doute aussi des tatouages mais je ne pouvais pas les voir parce qu'elle portait un blouson. Mais c'était bien elle. Au bout d'un certain temps, j'ai réussi à me remuer, j'ai repris le contrôle de mes pieds, de mes bras, le sang a recommencé à circuler. J'ai fait un bond en avant, comme si quelqu'un m'avait retenu jusque-là par la veste, et je l'ai enlacée. J'ai fermé les yeux et j'ai croisé mes bras avec les siens. En la serrant contre moi, j'ai senti son parfum. J'attendais ça depuis si longtemps. C'est ce qui me manquait le plus d'elle. Plus que tout. Son parfum a provoqué en moi une synesthésie – je venais de l'étudier, c'est pourquoi je savais ce que c'était et je l'ai identifiée. La perception olfactive a provoqué en moi la réaction d'un autre sens, celui du toucher. J'ai ressenti une sensation physique qui partait des pieds, comme si on me les écrasait, se propageait au ventre, comme si on me le comprimait. Cette sensation était lourde, corporelle, avec des relents de pop-corn. Arianna me faisait vraiment un drôle d'effet. Jusqu'à ce que ça devienne encore plus encombrant et...

Nous nous sommes désenlacés.

Gio est apparu entre nous. Il avait essayé de s'immiscer.

— Oh ! Et toi, tu sors d'où ?, a dit Arianna.

J'ai poussé un soupir. « Lui, c'est... mon frère... »

Arianna m'a regardé, un sourire dans les yeux, croyant que je plaisantais.

— Je t'assure.

— Arrête... tu n'as pas de petit frère, toi.

— Et pourtant...

— ...

— ...

— Mais depuis quand ?

— Depuis toujours.

— Non, sérieux, tu te moques de moi.

— Non. Je ne me moque pas de toi.

Arianna a regardé Gio. Puis moi. Puis Gio. Puis moi. Elle avait les lèvres entrouvertes, ne laissant passer qu'un souffle.

— C'est une longue histoire, j'ai dit.

— Comment tu t'appelles ?, a demandé Arianna à Gio.

Il a répondu, elle n'a pas compris.

— Giovanni, je lui ai dit.

— Salut, Giovanni, a dit Arianna.

— Et toi, comment tu t'appelles ?, a dit Gio.

— Arianna.

— Moi, je m'appelle... Giacomo, a dit Gio. Il riait en lui serrant la main, et une seconde après il était déjà en train de courir après un chat qu'il avait vu apparaître derrière un arbre.

Nous nous sommes assis sur un banc, nous avions beaucoup de choses à nous raconter, Arianna et moi.

Évidemment, nous avons longuement parlé de Gio, des raisons pour lesquelles, au temps du collège, je n'avais pas réussi à lui en parler. Et quand j'ai eu l'impression d'avoir épuisé les mots, nous nous sommes mis à parler de Milan, tellement différent de Castelfranco, de son nouveau lycée, des nouveaux copains. Je sentais couler entre nous le même fleuve lumineux de confettis que je voyais si souvent dans les yeux de mes parents. Puis Gio est venu nous chercher parce qu'il avait envie de jouer, et nous avons commencé une très longue partie de chat perché qui nous a rapidement laissés tous les deux à bout de souffle. Pire, pour tout dire, j'ai été le premier à m'avouer battu, et Gio, intéressé par quelque chose de l'autre côté du jardin, a pris Arianna par la main et l'a emmenée avec lui. Arianna l'a suivi. Les voir se promener ensemble, main dans la main, a sonné le glas de ma lutte intérieure. Ça n'avait pas été une lutte avec œil au beurre noir, voitures volées, grenades, braquages de banque et couteaux tirés. Aucun coup de théâtre. Tout s'était passé dans les 13 centimètres de mon cœur, dans l'espace de ses dimensions physiques. Les coups de poing étaient seulement ceux que j'avais donnés dans la porte de notre maison parce que je me sentais un frère de merde, les bombes étaient celles que je ressentais dans mon ventre quand on abusait du mot « trisomique » et que je ne faisais rien. Mais devant eux deux, ce 19 février, j'ai compris que c'était vraiment fini, que, d'une manière ou d'une autre, j'avais gagné cette lutte.

Cela étant dit, j'ai téléphoné à maman pour qu'elle veuille bien venir chercher Giovanni, pour pouvoir rester encore un peu avec Arianna regarder le soleil décliner sur les manèges.

Nous sommes restés là jusqu'à la tombée de la nuit.

De tous les mots échangés, je me souviens de cette phrase: « Ce que tu as fait ne compte plus maintenant, ce qui compte, c'est ce que tu feras, ce que tu es déjà en train de faire. » On dirait la phrase la plus banale du monde, mais je vous jure qu'à cet instant précis, c'était la phrase parfaite, la phrase qu'il fallait dire.

Je regardais ses lèvres bouger et je me demandais combien de temps j'allais devoir attendre pour les revoir en vrai. J'ai eu envie de la serrer dans mes bras, de l'embrasser pour imprimer ses lèvres sur les miennes, à jamais.

Je ne l'ai pas fait. Ce jour-là, nous nous sommes donc quittés, sous un pin un peu sec, en nous serrant dans les bras. Je portais un pantalon rose moulant, j'avais dans les mains une perruque blonde, elle avec son nouveau piercing. Tous les deux, la vie devant nous.

De cette étreinte, si je ferme les yeux et que j'y pense, je ressens encore la chaleur aujourd'hui.

C'est ainsi que je suis arrivé au bout de ma première année de lycée, entre la redécouverte de mon frère et un paquet de nouveautés, une douce euphorie qui me poussait chaque jour à me lever du lit, comme si la vie était redevenue un peu semblable à notre « malle aux folies ».

Vitto s'était inscrit au lycée en filière littéraire, moi en scientifique, mais nos classes étaient voisines parce que les deux lycées partageaient les mêmes bâtiments, je continuais donc à le voir souvent. Je m'étais aussi fait de nouveaux amis, deux camarades de classe, Pippo et Poggi, avec lesquels je partageais la même vision de la vie qui, en résumé, ressemblait à peu près à ça :

a. toujours aller au lycée en survêt ;
b. refuser l'argent et vivre de troc ;
c. puer dans la joie et la bonne humeur ;
d. un jour sans risquer un mot dans le carnet est un jour qu'on n'a pas vécu ;
e. ne *jamais* faire le jour même ce qu'on peut faire le lendemain ;
f. petite clope tranquille à la fin des cours ;
g. phrase la plus courante : Tu me prêtes un stylo ?

Les heures qui me restaient après le vagabondage de l'après-midi avec Pippo et Poggi, le basket, Vitto, les répétitions avec Brune et Scar, les demi-heures passées à penser que j'aurais mieux fait de me mettre à bosser, les siestes sans fin, ces heures-là, je les utilisais de la pire des façons : je m'étais inscrit à tous les cours proposés par le lycée. Je ne sais pas pourquoi. Aucun ne m'intéressait mais c'était devenu une mode, une manie ; dès qu'un cours était proposé, on s'y inscrivait. Cours de bal populaire. Cours d'Excel. Cours d'allemand. Cours d'anglais. Cours de training autogène. Cours de *speak in public*. Cours de premiers secours. Cours de sécurité routière. Cours sur l'environnement. La phrase la plus en vogue était : « Désolé, j'ai mon cours. » Cette manie, heureusement, n'a duré que la première année, après j'ai commencé à rester le moins possible au lycée, je le fuyais comme la peste.

Au lycée, j'ai découvert un paquet de choses dingues. Par exemple, que si tu passais ton après-midi à jouer de la guitare et qu'il y avait un contrôle le lendemain, tu pouvais te ramasser une note pourrie. Que si tu recopiais la version de latin d'un site Internet sans avoir vérifié si la prof avait retiré exprès quelques phrases, tu te faisais choper. Que si tu n'avais pas étudié l'évolution des espèces et que tu disais que tu ne voulais pas en parler parce que tu étais créationniste, tu te tapais un 5 sur 20, même si tu avais prouvé que tu connaissais le créationnisme. J'ai découvert, grâce à Pippo et Poggi, qu'on pouvait participer à une fête sans mettre une seule photo sur Facebook et que ça ne posait aucun problème. J'ai découvert le café. J'ai découvert dans les classeurs et les agendas de mes copains des phrases qui m'ont profondément changé, du genre : « C'est pas important d'être grand, ce qui compte, c'est d'être à la hauteur » et « Même une montre cassée indique l'heure exacte deux fois par jour ».

Je suis allé voir les Red Hot Chili Peppers à Milan.

J'ai appris une véritable philosophie de la vie en voyant une interview de Tom Waits dans laquelle il disait : *« I'd rather have a bottle in front of me than a frontal lobotomy. »*

Vitto, moi, Hacker et Sapu, des amis, avons eu le bonheur de parler pendant des mois de ce que nous avions baptisé « optimisme extrême », une discipline qui m'a empêché de passer une journée sans sourire. Je ratais un panier en extension mais j'étais heureux parce que je pensais que j'aurais aussi pu retomber en posant mal le pied et me fracturer la cheville. Je ramassais un 4 en math, j'étais heureux parce que je pensais que j'aurais pu avoir 3.

Des choses comme ça.

Le monde me parlait toujours et seulement de moi. À moi.

Peut-être est-ce normal à quatorze, quinze, seize ans.

Les livres, les films, par exemple. Ils m'ont aidé à voir autrement Gio, moi-même, la vie.

Ça se produisait par hasard, au moment où je m'y attendais le moins. Par exemple, pendant la troisième saison de *Breaking Bad*, quand Jesse Pinkman et Jane m'ont fait comprendre à quel point certaines manies de Giovanni – la répétition obsessionnelle de certaines actions, lancer les jouets ou lire le même livre pendant des jours, de la première à la dernière page, puis recommencer –, tout ce qui lui valait d'être considéré comme malade, dysfonctionnel, renfermait au contraire des éléments de grande sagesse. Dans cet épisode, Jesse et Jane discutent de Georgia O'Keeffe, une artiste contemporaine qui a peint exactement la même porte des tonnes de fois. Jesse se demande ce que signifie faire une chose pareille et Jane, sa petite amie, répond :

— Donc, on ne devrait rien faire plus d'une fois ? Je devrais fumer seulement cette cigarette ? D'après ta théorie, on devrait faire l'amour une seule fois. On devrait admirer un seul coucher de soleil ? Ou vivre une seule journée ? Chaque jour est différent, chaque jour est une nouvelle expérience.

— D'accord, mais... une porte ?, répond Jesse. Elle s'est sentie tellement obsédée par cet objet qu'elle a dû la peindre vingt fois, jusqu'à ce qu'elle soit parfaite.

— Non, je ne le dirais pas comme ça, dit Jane. Rien n'est parfait, c'était la porte de chez elle et elle l'aimait. Pour moi, c'est la raison pour laquelle elle l'a peinte.

Et voilà.

Comme Georgia O'Keeffe aimait cette porte, Gio aimait lancer ses peluches et regarder tous les jours les mêmes livres sur les mêmes dinosaures. Il le faisait constamment pour que ce sentiment dure plus longtemps. Exactement comme maman avec la vidéo où j'apprenais à faire du vélo. Point.

La vie avec Gio était un voyage permanent entre les contraires, entre le divertissement et la fatigue, entre action et réflexion, imprévisibilité et prévisibilité, naïveté et génie, ordre et désordre.

Gio qui tombe par terre, en faisant semblant de tomber par mégarde.

Gio qui écrit chaque action avant de l'accomplir.

Gio qui sauve un escargot des mains de Nonna qui voulait le cuisiner.

Gio qui, si on lui demande s'il tient en main un doudou ou un vrai loup, répond: « Vrai doudou. »

Gio qui fait un croche-pied aux petites filles seulement pour les aider à se relever, leur faire une caresse sur la tête et leur demander: « Comment tu vas? »

Gio pour qui, en Afrique il y a les zèbres, en Amérique les buffles, en Inde les éléphants, en Europe les renards, en Asie les pandas, en Chine les Chinois. Si des Chinois passent devant lui, il rit et tire sur ses yeux, même s'il a déjà les yeux comme eux.

Gio pour qui la plus grande dispute a été de définir si le T-rex était carnivore ou herbivore. Pour qui les vieilles sont molles, et il le dit vraiment à toutes celles qu'il rencontre.

Gio qui, s'il voit un panneau où est écrit « Interdit de marcher sur la pelouse », le retourne et la piétine. Si tu l'envoies à l'étage chercher ton téléphone et demander à papa s'il veut du potage, il va trouver papa et lui demande s'il veut le téléphone.

Gio qui dit qu'il sait faire tout seul et te demande de partir, avec dans la voix une hésitation, et tu comprends que c'est à lui qu'il parle pour se donner du courage.

Gio qui ne comprend pas pourquoi son ombre le suit et qui souvent se retourne pour voir si elle est encore là.

Gio était tout ça, mais plus que ça, il était la liberté. Il était libre de toutes les façons dont j'aurais aimé être libre moi-même.

Gio était redevenu mon super-héros. Il ne cesserait plus de m'étonner.

Environ deux ans après, Gio entre dans la cuisine un après-midi et m'apporte un dessin qu'il avait fait en cours d'arts plastiques. Je n'ai pas tout de suite vu son dessin parce qu'il me l'a donné à l'envers pour me montrer, d'abord, la consigne et la note: *Illustrer la guerre, note: 10/10*. Nous avons fêté cela avec notre *spack frush snap*. J'ai retourné la feuille: *Giovanni Mazzariol, Jeune fille assise sur un banc mangeant une glace toute seule, 210 x 297 mm, pastels sur feuille certainement volée à un ami, conservé au collège Giorgione, prêt temporaire à la fondation Maison Mazzariol.*

Je l'ai examiné sans comprendre: on lui avait demandé de faire un dessin sur la guerre et il avait gribouillé une fille, une glace à la main. Sur le coup, je n'ai pas fait de commentaire mais, après que Gio est sorti de la pièce, j'ai dit à maman:

— Bon, c'est évident qu'ils gonflent ses notes.

— J'en ai bien l'impression, a dit Alice, d'accord avec moi.

Maman a demandé pourquoi.

— Pourquoi? Parce que son dessin n'a aucun sens. Il n'a rien à voir avec la guerre, et pourtant on lui a mis 10 sur 10.

L'histoire s'est arrêtée là.

Le soir, je ne sais pas pourquoi, j'ai eu brusquement envie de réfléchir et d'écrire. J'ai pris mon journal. Sur la couverture se détachait une de mes phrases: «Ce qui me fait le plus peur: la page blanche. Ce qui me plaît le plus: la page blanche.» Dans ce journal, il y avait un peu toute ma vie. C'était mon confident de papier, mon Vitto de poche. J'allais m'y mettre quand j'ai vu sur la table de nuit, à côté du lit, le dessin de Gio, celui qu'il m'avait montré après le déjeuner. Je me suis à nouveau demandé comment il avait bien pu avoir 10 pour ce dessin stylisé et hors sujet. J'ai essayé de l'analyser en termes de couleurs et de formes, mais rien. Je sentais qu'il y avait autre chose, quelque chose que je n'arrivais pas à comprendre. Pourquoi la femme ? Pourquoi la glace ? Pourquoi seule ? Pourquoi elle était triste, assise sur un côté du banc ? Quel était le message ?

Ç'aurait été facile de l'archiver comme une de ses bizarreries.

Ç'aurait été facile de croire qu'il n'avait pas compris la consigne.

Ç'aurait été facile, oui. Mais je me suis souvenu qu'il avait mon ancienne prof. Elle écrivait toujours des appréciations précises sur le cahier de chaque élève, pour chaque dessin. Je suis descendu prendre le cartable de Gio et j'ai trouvé son cahier d'arts plastiques. Dernière page. La voilà, l'appréciation. J'ai lu :

À la demande d'illustrer la guerre, tous les élèves de la classe ont dessiné des fusils, des canons, des bombes, des morts. Tous, sauf un. Giovanni a choisi de représenter la guerre à sa façon : la jeune fille est la fiancée d'un soldat parti à la guerre. Désormais, elle doit aller manger sa glace – ce qui, pour Giovanni, est la chose la plus belle du monde – toute seule.

La guerre, c'est aussi cela : aller manger une glace, seul.

(L'explication m'a été donnée par lui-même et nous l'avons reformulée ensemble).

Félicitations, Giovanni !

Mon papa est secrétaire

Le karma existe. J'en ai eu la preuve dans le parking d'un cinéma, un été. Eh oui, il se passe toujours des choses intéressantes dans les parkings.

Quand tu es lycéen, l'été ne commence pas le 21 juin mais à la seconde qui suit la dernière sonnerie du dernier jour de classe. Le soir de ce premier jour officiel de vacances, le premier jour de l'été, maman, papa, Chiara, Alice, Gio et moi avions décidé d'aller au cinéma pour fêter notre solstice personnel. Je ne me rappelle plus quel était le film, ce n'était pas le plus important : l'important, c'était d'être ensemble, de rire et de se goinfrer de pop-corn.

Nous nous sommes garés sur un emplacement VIP, comme nous les appelons, c'est-à-dire les places encadrées de jaune, réservées aux personnes spéciales. Je les adore, ces places VIP. C'est une marque de respect de la société pour les gens comme Gio, un cadre doré autour de leurs déplacements ou, pour être précis, de leurs arrêts. Pour bénéficier d'un parking VIP, il faut transporter un véritable VIP certifié. Parce qu'il est évident que plein de gens voudraient bien la carte VIP, l'autorisation que tu places sur le tableau de bord et qui fait de ta voiture...

une voiture de VIP. Juste pour éviter de s'arracher les cheveux en cherchant une place pour se garer. Eh bien, non. Ce n'est pas pour tout le monde.

Bref.

Nous sommes arrivés, nous avons garé la voiture et sommes entrés au cinéma. Or, vous devez savoir que nous, les Mazzariol, ne sommes pas des spectateurs ordinaires : nous sommes la famille qui rit de la manière la moins coordonnée du monde. Pendant un film comique – et nous allons souvent voir des comédies parce que ce sont les seuls films qui mettent tout le monde d'accord –, nous ne rions jamais des mêmes choses et jamais avec la même intensité. Papa rit de tout, maman surtout des incidents domestiques, Chiara seulement des répliques subtiles, Alice peut-être parce qu'elle a vu une fille habillée en fuchsia qui lui rappelle une de ses copines idiotes, moi je ris des absurdités, et Gio... personne n'a encore compris ce qui fait rire Gio. En tout cas, quelle que soit la raison de son rire, il rit trois fois plus que nous tous réunis.

Ajoutez à cela qu'on a l'habitude d'oublier au moins un téléphone allumé, de mâcher comme des moissonneuses-batteuses, d'ouvrir des canettes secouées, de faire tomber des sacs, de péter, de se faire des pinçons et de hurler, d'applaudir. Vous comprendrez alors pourquoi, quand papa va au cinéma acheter six billets, la caissière, le connaissant, essaie toujours de le convaincre de faire autre chose : « Mais il y a aussi une belle foire », « Oh, il y a des jeux sur la place », « Il y a le match du Football Club de Giorgione », « Un nouveau glacier vient d'ouvrir, vous le saviez ? »

Donc, ce premier jour d'été, toujours sur la base de notre calendrier interne de lycéens, nous sommes allés au cinéma et, comme je l'ai déjà dit, je ne me rappelle pas ce que nous avons vu. Je ne me rappelle pas non plus, à vrai dire, ce qui s'est passé dans l'obscurité de la salle, même si je suis assez sûr que c'était le bazar comme d'habitude, parce que chaque atome du souvenir de cette soirée est occupé par ce qui s'est passé à la sortie.

Ce dont je me souviens, c'est qu'en sortant du cinéma, pendant que nous marchions vers la voiture, laissant se dissiper dans la chaleur du mois de juin l'air frais de la climatisation, nous avons remarqué, au loin, deux policiers municipaux qui discutaient vivement avec quelqu'un qui avait garé sa voiture juste à côté de la nôtre, sur une autre place VIP.

— Quelqu'un se sera garé sans autorisation sur les places réservées, a bougonné maman.

— Sûrement, a dit papa.

— Il y a des gens qui se fichent pas mal des règles, a commenté Chiara.

— Ce que les gens sont jaloux, ai-je précisé, et j'allais peut-être ajouter autre chose mais à cet instant un garçon, sans doute le fils de l'homme et de la femme qui discutaient avec les policiers, est sorti de la voiture et ma mâchoire s'est bloquée, comme si elle s'était décrochée. Je me suis arrêté, incapable de faire un pas de plus. Je ne pouvais pas en croire mes yeux. J'ai mieux regardé le garçon : il avait le même âge que moi mais il portait un petit pull à losanges, un foulard horrible et un pantalon de coton grisounet. Il avait l'air d'avoir été oublié là il y a trente ans ou d'avoir traversé une espèce de porte spatiotemporelle. Mais, surtout, c'était quelqu'un que je n'avais pas vu depuis pas mal de temps et qui était resté, pour toujours, associé dans ma tête et dans d'autres organes de mon corps à la période la plus triste de ma vie.

Pierpif.

— Qu'est-ce que tu fais ?, m'a demandé maman – elle s'était retournée et me voyait immobile. – Grand-père et grand-mère nous attendent pour le dîner, allons-y.

Nous sommes passés l'un après l'autre à côté de la famille Pierpif, dans un silence d'indignation légitime. Pierpif père et Pierpif mère n'ont pas daigné nous accorder un regard, trop occupés à discuter avec les policiers, alors que Pierluigi a levé les yeux juste ce qu'il fallait pour nous faire entrer dans son champ visuel, me voir et me reconnaître. Il s'est redressé. Il m'a fixé, puis maman, papa, Alice, Chiara. Et, à la fin, Gio. Il a regardé Gio puis m'a dévisagé à nouveau. Son expression reflétait exactement tout ce que j'aurais voulu lire sur son visage depuis ce jour lointain dans la cour du collège. Notre sérénité déferlait comme un raz de marée contre ses lunettes, contre son nez, contre sa conviction de tout savoir alors qu'il ne savait rien du tout.

Chacun de nous deux a tenu son regard embroché dans le regard de l'autre pendant quelques secondes. Durant ces secondes, j'ai pensé : non, dans le fond je ne te hais pas. Et je ne te souhaite pas de mal. Peut-être nous étions-nous seulement rencontrés au mauvais moment, deux adolescents apeurés pour des raisons différentes. Je me suis glissé dans notre voiture, j'ai baissé la vitre du côté de celle de Pierpif, j'ai pris notre carte de handicapé et l'ai lancée en douce, précis comme un ninja, dans la BMW de Pierpif, à travers la portière, par chance restée ouverte.

Les policiers ne m'ont pas vu. Les parents de Pierluigi non plus. Lui, si.

Il a mis quelques secondes à comprendre, puis s'est penché dans l'habitacle, et :

— J'ai trouvé, papa ! La voilà...

Le père de Pierpif a compris au vol et s'est risqué à un « Dieu soit loué ».

— Et qui est handicapé, parmi vous ?, a demandé le policier, soupçonneux.

Pierpif père a bafouillé quelque chose.

Le policier était sur le point de vérifier que l'autorisation appartenait bien à la famille Antonini quand sa radio de bord a grésillé et une voix métallique, provenant de la centrale, a dit qu'ils devaient rejoindre je ne sais quel endroit pour faire je ne sais quoi. Toujours est-il que, sans perdre de temps, ils ont sauté dans la voiture en disant: «Mettez-la bien en évidence, la prochaine fois...», et ils sont partis. Pierpif a attendu patiemment qu'ils s'éloignent puis m'a rendu la carte. Ses parents avaient déjà disparu dans leur BMW.

— Merci, Giacomo.

— J'y suis pour rien. C'est même pas ma carte. C'est lui que tu dois remercier – et j'ai indiqué le VIP.

— Merci... – Pierluigi a tendu la main à Giovanni, qui s'en est d'abord rapproché comme pour la renifler puis l'a serrée.

Ils se sont souri.

Cet été-là, sur la grand-place de Castelfranco, s'est produit Moreno, un rappeur que Gio adorait. Nous avons décidé d'y aller ensemble: lui, moi et Rainette la rainette. Il m'a fait arriver six heures en avance pour décrocher une place au premier rang. Il n'y avait encore personne à part nous, la scène et les gros bras de la sécurité. N'ayant rien d'autre à faire, Gio a commencé à jouer avec eux, les gros bras: il tirait le câble de l'oreillette à l'un, il défaisait les lacets de chaussures à l'autre, il imitait le son du talkie-walkie du troisième pour l'amuser, et ainsi de suite.

À un moment, je l'ai attrapé, je me suis agenouillé à sa hauteur et lui ai demandé des explications.

— Gio, qu'est-ce que tu fabriques?

— Je veux aller derrière.

— En coulisse?

— Oui, voir Moreno.

— Et pourquoi tu fais ces blagues aux agents de sécurité?

— Parce que je veux aller derrière.

— C'est donc ça ton plan? Te faire arrêter par la sécurité pour aller derrière la scène?

— Oui, oui... – et il s'est frotté l'épaule pour en ôter la poussière, satisfait de son ingéniosité.

— Fais attention, si tu déranges la sécurité, ils ne te feront pas entrer pour voir Moreno. Tu dois trouver autre chose.

Ébranlé par ma remarque, Gio a compris qu'il devait reconsidérer la situation.

— Raté, il a dit, et il a fait sa tête de celui qui réfléchit en se grattant le menton et en marmonnant, jusqu'à ce qu'il crie: «Idée!», et il a mis le doigt contre sa tempe: c'était donc plus qu'une idée, c'était une idée géniale.

Il a couru vers la barrière, s'est penché et s'est tapi comme un agent secret. Il avait deux énormes vigiles devant lui, mais de là où il était placé, il ne voyait que leurs chaussures. Évidemment, les chaussures ne bougeant pas, il a pensé que les surveillants dormaient ou s'étaient évanouis et, au signal prévu, qu'il s'était donné à lui-même, il a serré contre son cœur Rainette la rainette et il a roulé sous la barrière. Le temps de se retourner, il s'est arrêté aux pieds de l'un des agents qui l'a attrapé avec bienveillance et me l'a rapporté avec le sourire.

— Alors, ça s'est passé comment?, lui ai-je demandé en le posant à terre. Ça a marché?

— Presque. J'y étais presque. Au secours, Jack, aide-moi.

Quelle aide pouvais-je lui apporter? Il n'y avait pas grand-chose à faire pour soudoyer la sécurité. Alors, Gio a sorti de sa poche sa carte dinosaure préférée, il s'est mis le doigt sur la tempe et il a dit qu'on pouvait peut-être essayer avec celle-là. Je lui ai répondu que ça ne marchait pas comme ça, le sacrifice de cette carte n'avait de valeur que pour lui.

Il a dit qu'il ne comprenait pas, c'était son meilleur autocollant! Le T-rex brillait dans le noir. Il avait mis un an à le trouver. Il a pris un visage si triste, triste et doux à la fois, qui m'a aussitôt fait dire:

— Mais pourquoi on n'y a pas pensé plus tôt... – et cette fois, c'est moi qui ai mis mon doigt sur ma tempe.

J'ai demandé à l'un des agents si, par courtoisie, il pouvait appeler le responsable de la sécurité. Il m'a demandé pour quelle raison et si on avait besoin d'aide. J'ai dit que non, qu'il n'y avait pas de problème, qu'il s'agissait d'une question privée dont il fallait discuter avec quelqu'un de très, très important. Quoique dubitatif, l'agent a accepté de l'appeler. C'est comme ça que quelques minutes plus tard s'est présenté un type énorme, un Bud Spencer en plus nordique et en plus rock qui, avec une extrême gentillesse, m'a demandé ce dont j'avais besoin. J'ai dit que ce n'était pas moi qui avais besoin de quelque chose, mais lui ; j'ai pris Gio dans mes bras et je le lui ai montré. Gio a fait sa tête triste et douce, mais tellement triste et douce qu'il aurait fait fondre le cœur de la Reine des Neiges.

— C'est qu'il aimerait tellement pouvoir dire bonjour à Moreno. C'est son chanteur préféré, sa joie de vivre. Avec cette vie difficile qu'il endure, vous savez, la voix de Moreno est vraiment une lumière dans les moments les plus sombres... – et j'ai éprouvé la sensation physique d'un pic de glycémie. – Pour nous, pour lui surtout, ça serait quelque chose d'inoubliable de pouvoir aller lui dire bonjour.

Là, notre Bud Spencer plus nordique et plus rock était au bord des larmes.

Les portes des coulisses se sont ouvertes devant nous, comme si on avait dit *Alohomora**.

Cinq minutes plus tard, on était avec Moreno derrière la scène, et il s'est montré vraiment gentil. Entre ses autographes à Giovanni et les autographes de Giovanni à Moreno, car mon frère pensait qu'il s'agissait d'un échange réciproque, on a pris quelques photos avec le téléphone d'une fille qui travaillait là. Elle était accourue quand Moreno avait proposé de faire une photo de groupe et que j'avais répondu que mon téléphone à manivelle ne faisait pas de photos.

— Si vous ne faites pas une photo, a-t-elle dit avec anxiété, ce sera comme si la rencontre n'avait jamais eu lieu.

---

* Sortilège de déverrouillage dans *Harry Potter*.

— Vraiment?, ai-je demandé, interloqué.

— Vraiment, a-t-elle assuré.

Gio a insisté pour faire voir à Moreno notre salut *spack frush snap* et Moreno s'est montré sincèrement impressionné, il a dit en riant qu'il n'avait jamais vu un salut aussi tordu.

J'étais d'accord.

Ç'a été une soirée fabuleuse.

J'ai ressenti, pendant le concert, une émotion de dingue. Oui, moi. Comme si j'avais assisté au dernier concert de Rage Against the Machine. L'émotion de Giovanni était une force capable d'irradier toute la grand-place de Castelfranco, elle était contagieuse. Je l'ai mis sur mes épaules. Les gens se plaignaient, ils ne voyaient plus rien, on a fait semblant de ne pas entendre. À un moment, Gio a lancé Rainette la rainette sur la scène. Moreno l'a reconnue, l'a ramassée et il a remercié Gio devant tout le monde, en le cherchant parmi la foule. Il l'a trouvé, il l'a montré à tous. La grand-place a explosé.

J'ai eu l'impression d'être allé au concert avec mon meilleur ami. Et mon meilleur ami c'était lui, Giovanni, mon petit frère avec un chromosome en plus.

Un soir, quelques jours après le concert, j'étais allongé sur mon lit en train de regarder des tutoriels idiots que m'avait envoyés Poggi, des trucs du genre: comment allumer un briquet, comment se gratter le nez, comment déguiser son chien en crocodile. À un moment, j'ai décidé de faire moi aussi mon tuto: comment colorier en blanc une feuille blanche. Comment jouer tout seul au badminton. Comment démonter un Rubik's Cube. Et mon regard est tombé sur le dessin de Gio, celui sur la guerre avec la fille qui mange sa glace toute seule. Il était accroché au mur de notre chambre et, chaque soir, c'était la dernière chose sur laquelle je posais les yeux.

Comment faire quand quelqu'un se moque des trisomiques?, j'ai pensé.

Tiens, voilà un tuto qui pourrait être utile.

J'ai redonné forme à mon oreiller, je me suis allongé, j'ai croisé les mains derrière ma tête et j'ai levé les yeux au plafond, vers Zack de la Rocha. Je me suis demandé comment j'avais affronté le problème jusque-là. Eh bien, disons que mes réactions pouvaient se classer en trois catégories.

La première, la gentille, du genre : Excuse-moi, désolé, toc toc, tu viens d'employer le mot « trisomique » dans un sens, comment dire ?, peu approprié. Tu arrêtes, OK ? Salut.

La deuxième était chargée d'une légère irritation, du genre : Excuse-moi, désolé, toc toc, tu viens d'employer le mot « trisomique », comment dire ?, à la con. Évite d'utiliser n'importe comment des mots dont tu ignores le sens, compris ?

La troisième était énervée, du genre : Putain, à qui tu dis « trisomique », connard ? Tu veux que je te casse la gueule ? Éventuellement dans la version hard, façon Super Saiyan*, avec les scènes nez contre nez, les bourrades et tout ce qui s'ensuit.

Pendant des années, mes réactions avaient été celles-là. J'avais toujours pensé qu'attaquer était la meilleure défense. J'avais toujours lâché les chiens, en fait. Mais à quoi bon ? À quoi ça avait servi ? Ce n'est certainement pas en insultant qu'on convainc les gens de ne pas s'insulter. Ce n'est pas comme ça qu'on amorce le changement dans le cœur, dans les tripes et dans les actes des gens, comme Gio l'avait amorcé avec moi par sa constante présence affectueuse, sa fraîcheur, son regard émerveillé.

L'affection et l'émerveillement étaient les clés. Et, évidemment, il n'y avait ni de l'une ni de l'autre dans : Putain, à qui tu as dit « trisomique », connard ?

Je devais trouver une autre façon de faire. La solution, c'est mon père qui me l'a suggérée.

---

* Super-guerrier dans la série animée *Dragon Ball Z*.

Un jour, j'ai été témoin d'une conversation. Nous étions lui et moi au marché, et un type bien habillé, avec la chemise tirée à quatre épingles, la belle cravate et la ceinture assortie aux chaussures, se plante devant nous et se met à faire à mon père tout un tas de salamalecs. C'était un de ses vieux copains de lycée. Ils ne s'étaient pas vus depuis vingt ans.

— Davide, comment ça va ?

— Bien, et toi ?

— Bien, et alors, qu'est-ce que tu as fini par trouver comme travail ?

Comment ça, je me suis dit, tu ne le vois pas pendant vingt ans et la première chose que tu lui demandes est ce qu'il fait comme travail ? En fait, de temps en temps, on me posait aussi cette question. Pas sur mon travail, sur celui de mon père. Voilà bien une question que je ne pose jamais, quel est le travail de ton père. Il m'arrive plutôt de demander pour qui il a voté aux dernières élections : là oui, on comprend beaucoup de choses.

Bref, mon père était, est secrétaire. Dans une école maternelle.

Jusqu'à ce moment, jusqu'à ce jour, j'avais toujours répondu : « Il est comptable dans une entreprise », et tout le monde me regardait, l'air de dire *Waouh*, en s'imaginant je ne sais trop quoi. Parce que lorsque je répondais « secrétaire », comme ça, sans réfléchir, les gens me donnaient une petite tape sur l'épaule, comme pour dire : putain, je sais que c'est dur, mais tu sais que tu peux toujours compter sur moi. Avec le même ton condescendant que lorsque je disais que j'avais un frère trisomique. Il était même arrivé qu'on m'embrasse, que les vendeuses, en souriant, me fassent une réduction en disant : « C'est tout ce que je peux faire. »

Un jour, quelqu'un m'a même présenté ses condoléances.

Mais ce matin-là, au marché, au type à la cravate bien assortie *et cætera*, papa a répondu :

— Comme travail, je suis papa. Dans mon temps libre, je suis marchand de timbres, chercheur d'erreurs dans les bilans, médecin de l'humeur des maîtresses. Et joueur de foot professionnel aux récréations. Et écrivain de genre...

— Quel genre ?

— Drame administratif. Les comptes rendus de réunion, tu vois ?

— Allez ! Mais qu'est-ce que tu racontes ? C'est une façon de dire que tu es chômeur ?

Papa a souri.

— Non, c'est une façon de dire que je suis secrétaire dans une école maternelle.

— Arrête..., il a répondu avec un petit sourire entendu.

— Je t'assure.

L'autre a pris une drôle d'expression, comme s'il n'y croyait toujours pas.

— Et comment tu as fini là ?

— Eh bien, je reconnais que ça n'a pas été facile. Je ne te cache pas que j'ai fait plein d'autres jobs avant d'obtenir ce poste. J'ai travaillé dans de grandes entreprises, j'ai dû accepter toutes sortes d'avantages. Mais, à la fin, j'ai réussi. – Le vieux copain d'école était de plus en plus incrédule. – Ça faisait des années que j'en rêvais, des années : secrétaire. – Et il a fait un arc de cercle avec la main, comme pour montrer une inscription sur la porte de son bureau, puis il s'est mis à compter sur ses doigts : CDI. Cantine gratuite. Enfants qui racontent des blagues. Mamans, a-t-il dit avec un clin d'œil, mamans jeunes qui te saluent tous les jours et viennent te voir pour inscrire leurs enfants. Photocopies, a-t-il ajouté comme s'il venait seulement d'y penser. Photocopies à deux centimes. Téléphone gratuit. Victoire assurée au foot, je dis bien *assurée*, pendant les récréations. Un ordinateur tellement lent que tu peux faire plein d'autres choses en l'attendant. Le parking rien que pour toi. Les jouets inutilisés que tu rapportes à la maison pour tes enfants. Le vélo oublié depuis des années qui devient ta bicyclette de fonction. Tout ça, ceux qui ont d'autres emplois ne peuvent même pas l'imaginer.

— ...

— Et toi, qu'est-ce que tu fais comme travail, Tommaso...

— À vrai dire, je m'appelle Luca.

— Oui, bien sûr, Luca. Qu'est-ce que tu fais, Luca ?

— Avocat.

— Oh la la !, a dit papa avec l'air de quelqu'un qui s'est fait écraser le pied. Je suis désolé. Et t'en as encore pour longtemps ?

Ça s'est passé plus ou moins comme ça. Soyons clairs, avocat n'est pas un mauvais métier. Mais, dans cet épisode, ce qui m'a le plus marqué, c'est l'extraordinaire pouvoir salvateur de l'ironie. C'est ce que j'aurais retenu, si j'avais décidé de faire mon tutoriel : pratiquer l'ironie. Avec affection. En dégonflant la moquerie, en permettant à l'interlocuteur de comprendre que la diversité fait partie de la vie et que nous avons tous un syndrome quelconque, comme disait Davide, mon ami trisomique qui fait des beignets.

J'ai commencé à réfléchir à la possibilité de faire une vidéo pour montrer combien mon frère était complexe, merveilleux et déroutant.

Entre-temps, j'avais compris qu'il fallait traiter Gio avec la même légèreté, la même désinvolture que les autres. S'il me manigançait un de ses coups tordus, il ne m'était pas interdit de dire : « Oh, tu sais ce qu'il m'a fait, mon salaud de frère ? »

Le problème, c'est que si je disais ça à Vitto, il se mettait à rire, tandis que les autres tiraient des têtes scandalisées, du genre : Comment ça ? Comment oses-tu ? Tu traites de salaud ton petit frère handicapé ?

Parfaitement ! Mon frère a lancé mon portable dans la piscine. Quel salaud. Mon frère a pris des pièces dans mon portefeuille. Quel salaud. Mon frère a dit à une de ses amies que j'étais nul au basket. Quel salaud. Parfaitement ! Mon frère pouvait être un salaud et même un petit con et un roublard ou les trois en même temps. Se mettre en colère contre ceux auxquels on tient, c'est les aimer. Quand j'ai enfin réussi à dire que mon frère était un salaud, je me suis senti vraiment libre.

Un soir, avant le dîner, on était dans la cuisine, maman, papa, Chiara, Alice et moi, pendant que Gio jouait au salon.

J'ai regardé autour de moi, c'était comme un retour à cet après-midi dix ans plus tôt, quand j'avais trouvé le livre bleu avec le mot «Down» sur la couverture. Papa mangeait des amandes, comme ce jour-là. Maman ne préparait pas des poivrons mais des courgettes. Alice avait un téléphone dans la main et Chiara une tasse. C'était l'hiver, fin février. Par les fenêtres pénétrait dans la maison la faible lumière des lampadaires, de celles qui donnent envie d'allumer un feu dans la cheminée, de cuire des châtaignes à la braise et de s'enrouler dans une couverture.

— Aujourd'hui, j'ai vu quelque chose de magnifique, a dit maman, subitement. Papa a levé le nez des amandes, comme s'il venait de se rendre compte qu'il n'était pas seul dans la cuisine. Alice est restée scotchée à son téléphone, Chiara s'est tordu le cou pour tendre l'oreille.

— Quoi donc?

— J'ai vu Gio...

— Mais tu le vois tous les jours.

— Non, je veux dire... à l'extérieur de l'école, je l'ai observé pendant qu'il disait au revoir à ses copains. Vous n'avez jamais remarqué qu'il salue tout le monde, des caïds aux premiers de la classe, et qu'il a un mot particulier pour chacun?

— À vrai dire, j'ai répondu, il me semble qu'il salue plus chaleureusement les caïds que les premiers de la classe.

— Mais ce qui m'a frappée, a continué maman comme si je n'avais rien dit, c'est que tous lui souriaient.

— Oui, parce qu'il fait son clown.

— Comme quand on est allés à la maison de retraite avec tante Federica, a dit Alice, et qu'il a vu les vieux courbés en deux, éteints: il a pris un sac en papier, se l'est mis sur la tête et a commencé à courir dans toute la pièce.

— De toute façon, a commenté Chiara, caïd ou pas, sa préférée à l'école reste Giulia. Il m'a dit qu'il voulait se marier avec elle.

Alice s'est redressée.

— Gio sera triste le jour où il découvrira qu'il ne peut pas se marier.

— Et pourquoi pas ?, a demandé papa en continuant à prendre des amandes dans la coupelle.

— Comment ça, pourquoi pas ?

— Qu'est-ce que ça veut dire pour lui, se marier ? Pensez-y. Bien s'habiller et faire une fête. Cela veut dire que, tôt ou tard, nous nous habillerons avec élégance et nous ferons une fête...

— Et quand il voudra un enfant ? On lui offrira une poupée ?, a continué Alice.

— Eh bien, nous lui dirons qu'il ne peut pas en avoir. Exactement comme Giacomo sait qu'il ne pourra jamais jouer au basket en professionnel, même si c'est ce qu'il désire le plus.

— Même l'aider à trouver du travail sera compliqué, j'ai dit.

— Je pourrais l'embaucher dans ma pharmacie, a répondu Chiara.

— Je crois, a dit maman, que nous devons, avant tout, calibrer nos attentes et réussir à voir sa vie d'un œil nouveau. C'est une question de regard.

— Oui.

— Bien sûr.

— Yep.

— Crac, a approuvé papa en mâchant une amande.

Une question de regard. Je me suis levé et je suis allé espionner Gio dans le salon. Il jouait avec ses dinosaures. Je me tenais dans la pénombre de l'entrée. Je n'avais jamais vraiment fait attention à la façon dont il jouait avec les dinosaures. Il en tirait un de la pile, à sa gauche, approchait ses yeux de ses pattes, le faisait courir sur place, le faisait rouler, sauter, et, à la fin, il le lançait dans un coin où, petit à petit, se constituait un cimetière d'animaux préhistoriques. Puis il recommençait avec un autre dinosaure. Il les connaissait tous, leur taille réelle, leur nom, l'endroit où ils vivaient. Il était le roi des dinosaures, indubitablement.

Pourquoi les aimait-il tant ? J'ai fermé les yeux et essayé de voir ce qu'il voyait ; au bout d'un moment, c'est venu. Voilà, on y était, au *mésozoïque*. Un lac à côté de la télévision, les arbres entre les livres, la prairie à la place du tapis. Un diplodocus mangeant les fleurs de maman sur le rebord de la fenêtre. Un ptérodactyle qui volait au-dessus de nos têtes. Un stégosaure caché derrière le canapé. Et lui, Giovanni, plongé dans cette magie. Je me suis dit qu'au fond on n'était pas si mal au mésozoïque. Je ne sais pas combien de temps je suis resté là-bas, parce que là-bas, le temps n'existe pas. Vingt minutes peuvent s'écouler, comme trois jours, c'est pareil. Il m'a fallu onze ans pour voir le monde avec les yeux de mon frère. Et je vous jure, ce monde n'est pas mal du tout.

Le lendemain, je suis allé au cimetière (le vrai, pas celui des dinosaures). À droite, à gauche, à droite. Douzième rangée. Emplacement numéro 7. Alfredo Colella, mon grand-père. Je regrettais qu'il n'ait pas vu Giovanni grandir, entrer dans nos vies et les transformer. Alors, de temps en temps, je lui écrivais une lettre, pour le mettre au courant des faits les plus importants, je la laissais sous une pierre. Souvent, dans ces lettres, je disais ce que je n'aurais dit à personne d'autre, j'élaborais des pensées tellement carrées, tellement claires, que je n'arrivais à les exprimer qu'à lui.

> Cher grand-père Alfredo, comment vas-tu ? Tu ne sais pas ce que tu perds, ici-bas. Tu n'imagines même pas ce que devient Giovanni. Giovanni est le mouvement, la volonté, la vitalité. Mais, grand-père, tu sais ce qui se passe ? Quelquefois, il m'arrive de penser à sa mort. Même les super-héros peuvent mourir, non ? Est-ce qu'il y a des super-héros là où tu es ? Il est encore petit, il a onze ans. Le mot de « mort » semble si loin que l'utiliser dans une phrase où son nom apparaît, c'est comme mettre de la confiture dans les lasagnes. Tu sais,

grand-père, mais tu le savais peut-être déjà, Gio mourra avant moi. Ce n'est pas certain, mais c'est probable : il est probable que je voie son cercueil, comme j'ai vu le tien, ce vendredi-là.

Et toi, tu avais peur de la mort ? Je ne dis pas pour toi, je sais que tu n'avais peur de rien. Tu me l'as dit, une fois, je m'en souviens bien, tu as dit : « Moi, je n'ai peur de rien ! » Mais la peur de la mort de quelqu'un d'autre ? Peut-être pour nonna Bruna. As-tu déjà eu peur de rester seul ?

Un jour, Gio ne sera plus de ce monde. Et ce jour-là, grand-père, je serai quand même heureux. Chaque larme sera un souvenir. Chaque souvenir sera un sourire. Eh oui, parce qu'avec lui, comment ne pas rire ? Je pleurerai, grand-père, je pleurerai pour ne pas trop rire. Le fait est qu'il ne peut pas disparaître. Tu comprends ? Je n'y peux rien. Désormais, Gio est dans l'air, dans l'eau, dans la terre et dans le feu. Il est au milieu de nous. Il est en nous.

Chaque endroit où il pose le pied change, de façon irréversible.

Quand il ne sera plus là, je ne regretterai qu'une chose : que le monde entier ne l'ait pas connu. S'il n'est plus parmi nous, un jour, je chercherai son ombre, allée des Châtaigniers, comme lui. Si un jour il n'est plus là, je repasserai tous les titres de ses livres avec un stylo sans bille. S'il n'est plus là, j'embrasserai chaque personne, quelle qu'elle soit, comme lui. S'il n'est plus là, je danserai avec ses dinosaures. Et là, au mésozoïque, entre un diplodocus et un T-rex, c'est lui qui m'attendra, pour toujours.

Mon frère. Qui chasse les dinosaures.

Ton cher
Jack

6 = 6

Mais, en attendant, on avait encore pas mal de vie devant nous. La sienne, la mienne, la nôtre. Ensemble, surtout. Aller me promener avec Giovanni était ce qui me rendait le plus heureux, c'était comme marcher avec une journée de soleil dans la poche. Je ne craignais plus le jugement de personne et j'apprenais à ne pas juger trop vite.

J'ai commencé à retirer les cartels des tableaux et à ne regarder que les toiles. J'ai découvert que les filles qui écoutaient Rihanna n'étaient pas toutes véganes et qu'elles pouvaient être aussi sympas que les autres. Ni plus, ni moins.

À un moment, mon frère s'est passionné pour la vidéo, à fond. Tous les jours il me demandait si je pouvais faire une interview avec lui. Je ne sais pas pourquoi. Peut-être pour une question d'estime de soi, peut-être que ça lui plaisait, c'est tout. Ces interviews devenaient de plus en plus fantaisistes : je découvrais qu'il avait volé la voiture de certains hommes politiques, qu'il avait été espion pour la reine d'Angleterre et que, depuis dix ans, il ne mangeait que des sandwichs aux spaghettis. Pour lui, c'était super-marrant, vraiment, il se roulait par terre tellement il riait. Comme son rire est le plus contagieux du monde, je finissais moi aussi par me tordre de rire. Plus les rires entre frères augmentaient, plus la mémoire de l'iPad diminuait. Jusqu'au jour où, parés pour une nouvelle vidéo, le gel sur ses cheveux, son pull rouge préféré et son énième histoire loufoque prête à sortir de sa bouche, le malheur s'est abattu sur nous : nous avons compris que la mémoire de l'iPad était vraiment saturée.

— On doit effacer quelques vidéos, j'ai dit.

— Quoi ?

— Les enregistrements. On doit...

— Non, il a dit. Rien effacer.

— Il n'y a pas d'autre solution.

— Il y a, il a hoché la tête.

— Laquelle ?

Il a porté le doigt à son menton et levé les yeux au plafond, pour réfléchir. Puis il a dit :

— Alice.

— Alice ?

— Caméra...

— On ne peut pas prendre la caméra d'Alice, tu sais combien elle y tient, elle ne la prête à personne. On peut utiliser le portable. Le portable aussi fait des vidéos...

Après notre rencontre avec Moreno, devant qui, vous vous souvenez, nous nous étions présentés sans préparation, je m'étais procuré un portable avec appareil photo. Mais si bas de gamme que la qualité de l'image, en gros, était celle des vieux films qu'on sort de temps en temps des archives cinématographiques, vous voyez ?

— Pas belles, a dit Giovanni, avec la tête de quelqu'un qui vient d'avaler un cafard.

— Alors ?

— On vole caméra Alice, il a dit en se mettant à quatre pattes, comme un ninja.

— Voler ? Mais qu'est-ce que tu...

Je n'ai pas eu le temps de finir ma phrase qu'il avait déjà filé en haut des escaliers. Je lui ai couru après. Je l'ai trouvé dans le couloir, à genoux, en train d'espionner la chambre de notre sœur. Je me suis penché, moi aussi. Alice était à son bureau, elle étudiait. D'accord, j'ai pensé, pourquoi pas ?

— Voilà ce qu'on va faire, j'ai dit à Gio, moi, je rentre, je l'occupe, et toi tu te glisses derrière moi, en douce, et tu prends sa caméra, OK ? Elle est là, derrière. Tu la vois ? – Je la lui ai montrée. – Entre ces boîtes.

— Voleurs, a dit Gio, en s'enflammant d'enthousiasme.

— Comme *Bonnie and Clyde*, j'ai dit. Comme *Franck and Jesse James*.

Gio a approuvé de la tête, tout excité, sans savoir de quoi je parlais.

— Tu as compris ?

Il a encore approuvé.

— Alors, j'y vais.

— Ça me plaît, voleurs, il a ricané.

Sur la porte de la chambre d'Alice était apposée, en évidence, cette phrase : « Ils rient de nous parce que nous sommes différents et nous rirons d'eux parce qu'ils sont tous pareils. » Sur les murs, il y avait des photos de Steve McCurry, le photographe du *National Geographic*, celui qui a photographié la jeune fille afghane aux yeux verts.

Je suis entré et j'ai dit : « Salut ! »

Alice a répété : « Salut ! » Sans bouger un seul muscle, plongée dans sa lecture.

Je me suis placé de telle sorte que Gio se glisse derrière moi, sans être vu.

— Tu veux quoi ?, elle a dit.

C'est vrai, je voulais quoi ?

— Est-ce que tu as de la paraffine ?

Alice a tourné le cou de façon imperceptible. Ses pupilles se sont dilatées jusqu'au coin des yeux, juste ce qu'il fallait pour me faire entrer dans son champ visuel.

— Quoi ?

— De la paraffine. Je dois construire un petit bateau en papier qui ne coule pas.

— Giacomo, je ne sais même pas ce que c'est que la paraffine. Pourquoi veux-tu que j'aie de la paraffine ?

Du coin de l'œil, j'ai essayé de voir si Giovanni était entré mais je ne l'ai pas vu.

— Tu as raison, j'ai dit à Alice, quel con. Pourquoi tu aurais de la paraffine ? Écoute... t'aurais pas vu mon ballon de basket ? Mes chaussettes vertes ? As-tu une idée de cadeau à offrir à papa pour sa fête ?

Alice s'est tournée sur sa chaise pour mieux me regarder :

— Qu'est-ce que tu me chantes ?

À ce moment-là, ne sachant plus quoi faire, je me suis retourné :

— Giovanni, mais où est-ce que...

Giovanni était par terre dans le couloir, il riait.

— Qu'est-ce que vous fabriquez ?, a demandé Alice.

Giovanni s'est relevé d'un coup, est entré dans la chambre et a dit :

— Pardon, salut Alice. Jack et moi des voleurs. On prend ta caméra. Tourne-toi, tu vois pas. Chut, fais semblant de rien. Regarde là-bas. Merci. Salut.

— Mais qu'est-ce que... ?

Il a traversé la chambre et attrapé la caméra.

— Dis-donc !, a fait Alice, puis elle m'a regardé. – Et alors ?

— Non, c'est rien, j'ai balbutié, la mémoire de l'iPad est pleine, Giovanni ne veut pas effacer les vieux films et on doit en faire un nouveau...

— Un nouveau ?

— Oui.

— Lequel ?

— Un entretien d'embauche.

Alice m'a regardé comme si j'étais fou. Je lui ai expliqué :

— Giovanni s'est pris de passion pour ce truc des interviews et je lui ai promis qu'on tournerait une scène d'entretien d'embauche. Mais bien faite, professionnelle.

— C'est-à-dire ?

— Le bureau, la secrétaire, la salle d'attente et tout le tralala.

— Et où allez-vous trouver le bureau, la secrétaire, la salle d'attente et tout le tralala ?

— Chez le père d'Alberto.

— Le notaire ?

— Tout à fait.

Gio, pendant ce temps, silencieux, en plus de la caméra s'était emparé du trépied, et même d'une petite boîte avec le nécessaire pour le maquillage.

— Si, par hasard, tu pouvais avoir la gentillesse de nous prêter...

— La caméra, le trépied et la trousse à maquillage ?

— Voilà, j'ai souri, exactement tout ça.

Alice m'a regardé, puis elle a regardé Giovanni, puis moi à nouveau et, à nouveau, Giovanni. On lisait l'hésitation dans ses yeux.

— Ça va, elle a dit à la fin. Mais faites bien attention. – Les mots sautillaient de sa bouche un par un, comme de petites bulles.

— « Mais faites bien attention », ça veut dire oui ?

Alice s'était déjà replongée dans son livre.

— Ça veut dire oui, mais faites bien attention.

— On fera super-attention, j'ai dit.

— Tu feras super-attention, a dit Alice sans me regarder, tu comprends que s'il arrivait quelque chose à ma caméra, c'est ton ordi qui en subirait les conséquences en volant par la fenêtre ? C'est comme ça que tu feras super-attention ?

— Que mon corps soit couvert de pustules, ai-je dit en déposant un baiser sur mes index en signe de serment.

— Vous pouvez disposer.

— Remercie Alice, j'ai dit à Giovanni.

— Merci Alice, il a dit.

On est sortis de sa chambre à reculons, presque en nous inclinant. On est retournés dans la nôtre.

— Voleurs très forts!, s'est écrié Giovanni.

— Bof, j'ai répondu.

Giovanni a posé le butin sur son lit et s'est arrêté pour observer l'armoire. Il a mis le doigt sur sa tempe, signe d'une grande intuition. Les idées normales viennent à Giovanni avec l'index sur le menton (des idées comme répondre oui ou non, décider d'aller jouer au sous-sol ou dans le salon, manger d'abord la purée ou le poulet). Tandis que les autres, les idées prodigieuses, lui viennent avec l'index sur la tempe. S'il a plus d'une idée prodigieuse par jour, ça veut dire que c'est un jour prodigieux. Ce matin-là, il avait déjà eu l'idée de se photocopier, avec notre imprimante, la bouche, la joue et d'autres parties du corps non identifiables. Maintenant, la deuxième grande idée : mettre un costume.

— Costume!, il s'est exclamé. Il a ouvert grand les portes de l'armoire pour le chercher, jetant tout par terre. J'ai compris qu'il voulait être élégant pour l'interview.

— Avec la veste, il faut aussi une chemise blanche, j'ai dit.

— Nœud papion, il a fait.

— Bien sûr, le nœud papillon...

Nous n'avions pas les idées claires sur ce qu'on allait faire, mais je savais que le temps passé à tourner une vidéo avec Giovanni serait pour moi un temps précieux, dédié à la construction d'une mémoire.

Lui et moi, unis, dans la production d'histoires.

Lui et moi, unis, *dans* l'histoire.

Lui et moi, encadrés par l'écran pour toujours : l'espace des possibles et de l'impossible.

Dans quel ordre avons-nous tourné les scènes ? Sommes-nous d'abord allés chez les pompiers ? Au bureau du papa d'Alberto puis à la maison de retraite ? Je ne serais plus capable de le dire. Je suis sûr que le tournage a duré trois jours, parce que je me souviens des heures perdues pour mes études et de la mauvaise note en maths qui s'est ensuivie. De toute façon, rien ne s'est passé conformément aux plans. Et cela a augmenté notre amusement. Ç'avait été un peu comme prendre un pneu géant, se glisser à l'intérieur et dévaler une colline. Bon, ce n'était pas exactement un pneu, mais guère mieux : la vieille Ford Fiesta de nonna Bruna avec laquelle nous nous sommes déplacés d'un endroit à l'autre, à travers tout Castelfranco – qui n'est pas si grand que ça, imaginez faire cinq ou six fois le tour d'un terrain de foot. Moi qui venais d'avoir mon permis, j'étais au volant, lui, avec son casque de vélo sur la tête (oui, il porte un casque de vélo aussi en voiture), était à ma droite. Sur les sièges arrière, notre troupe cinématographique : Rainette la rainette, l'encyclopédie des dinosaures, le trépied, un vêtement de rechange, du Coca, un paquet de chips et un attaché-case plein de doudous.

Comme toujours lorsqu'il est en voyage, peu importe la durée, Giovanni est toujours plein d'enthousiasme. Sa joie a enflé et a explosé façon geyser. Il passait la tête par la vitre ouverte, il tirait la langue comme s'il voulait avaler chaque molécule d'oxygène de la terre, il levait les bras comme si on volait à une vitesse stratosphérique sur les montagnes russes, alors qu'on ne dépassait jamais les 30 km/h. Et pendant ce temps-là, on chantait ensemble, à gorge déployée, *Mica Van Gogh* de Caparezza. On volait. C'était ça, la sensation.

Les pompiers l'ont fait asseoir au volant du camion et il a fait semblant de partir pour une intervention d'urgence, avec le casque et l'uniforme. Au centre commercial, nous avons fait la course plusieurs fois, *ascenseur* pour lui, *escaliers* pour moi.

Chez le papa d'Alberto, il s'est faufilé dans des pièces où de nombreux contrats étaient signés, en montrant à tout le monde son attaché-case de doudous. Là, dans ces bureaux, après avoir choisi une pièce où on ne risquait pas de faire de dégâts, nous nous sommes arrêtés pour... plus de vingt minutes. Je lui ai posé des questions un peu bizarres, un peu parce que je les avais préparées, un peu parce que je voulais les lui poser depuis longtemps, un peu parce qu'elles me passaient par la tête. Lui me faisait des réponses bizarres, un peu parce que je l'avais forcé, c'est à cela que servaient les chips, un peu parce qu'il ne voulait pas aller dans mon sens, un peu parce qu'il ne comprenait pas. Par contre, quand j'étais bloqué et que je ne savais pas comment continuer, il improvisait, et quand c'était lui qui bloquait, je m'en occupais. On se comprenait d'instinct, comme deux guépards qui chassent ensemble.

Un *spack frush snap*, et en voiture Simone, Ford Fiesta, la musique à fond.

Chez Antonio, un ami de Gio, nous avons joué au basket. J'ai dû attendre pas mal mais, à la fin, j'ai réussi à filmer son panier.

Dans la rue, je le laissais marcher devant moi, et avec la caméra digitale j'essayais de saisir la poésie de ses mouvements. Il marchait dans la rue comme s'il allait au travail, il regardait les murs plutôt que les vitrines, donnait des coups de pied dans les poubelles, de temps en temps il appuyait sur les boutons de sonnette. À la maison de retraite, il a lancé des bonbons aux pensionnaires et les a poussés fort dans leurs fauteuils roulants. J'ai dû le suivre plus d'une fois parce que je lui avais sans doute dit de courir, mais je n'avais pas précisé jusqu'où et il ne s'arrêtait plus.

Je l'ai accompagné à l'école et j'ai demandé à la maîtresse l'autorisation de faire des prises de vues en classe. Je savais combien les autres élèves l'adoraient, et toute cette affection, je voulais la glisser dans la vidéo. J'ai demandé à Gio d'écrire quelque chose au tableau, pour que la scène semble plus vraie. Il a écrit : 6 = 6. La classe a éclaté de rire, moi aussi et la maîtresse avec. Lui a cru s'être trompé dans ses calculs, il s'est senti dans l'obligation de changer quelque chose et il a ajouté : – 100. Six est égal à six moins cent. Vous voyez, il avait écrit quelque chose de juste et nous l'avions poussé à l'erreur avec nos rires.

À la maison, j'ai continué à le suivre de près, en essayant de démonter la serrure de son quotidien : les petits gestes, les petites manies, ses attentions à l'égard de chacun de nous. Il y avait de la magie dans tout ce qu'il faisait et j'ai compris qu'il faudrait passer le reste de ma vie pour essayer de la saisir.

Je ne sais pas combien d'heures de rushs nous avions, à la fin. Beaucoup, de toute façon.

Le 20 mars 2015, le jour précédant la Journée mondiale de la trisomie 21, à 9 heures du soir, j'étais devant mon vieil ordinateur. En train de monter notre vidéo. J'avais suivi en classe de seconde un cours de cinéma dont je ne me rappelle à peu près rien, si ce n'est une phrase prononcée par le garçon qui le faisait, une grande perche avec des dreads : « Souvent, ce sont les erreurs et le hasard qui rendent les films originaux. » En regardant ce que j'avais tourné avec Gio, je me demandais si ce n'était pas exactement ça. Plus que ce que nous avions prévu ou construit sur le papier, ç'avait été la spontanéité de Gio, son incapacité à interpréter, à faire semblant d'être autre que lui-même qui rendaient certains passages, certaines prises, extraordinaires.

En plus, j'avais fait une série d'erreurs phénoménales, par exemple : on me voyait dans le reflet des vitres, les couleurs et la balance des blancs étaient complètement ratées, le cadrage tremblait, les premiers plans étaient flous, et ainsi de suite. Et cependant, l'idée de refaire quoi que ce soit ne m'effleurait même pas : les erreurs font partie de notre vie et, comme disait le type aux dreads, des scènes comme celle de Gio qui part en courant vers la place déserte au soleil couchant, des scènes comme celle-là, si j'avais dû les écrire, je n'y aurais même pas pensé. Alors que dans la fuite de Gio, il y avait tout : toute mon espérance, chaque gramme de ma peur.

À la maison, tout le monde dormait.

Maman et papa. Alice et Chiara. Gio aussi, dans son lit, à côté du mien. J'avais mis mes écouteurs pour ne pas le déranger. Notre chambre était éclairée par la lumière bleue de l'écran.

Je suis descendu boire un verre de jus d'orange à la cuisine. Je suis sorti dans le couloir, la maison était noire et silencieuse. Brusquement, dans l'escalier, est apparue l'image bien nette d'un enfant de cinq ans qui montait les marches en rampant avec son doudou guépard sous le bras : il est passé à côté de moi, m'a regardé, m'a souri, et il est entré dans ma chambre. J'ai fait semblant de rien et suis descendu sur la pointe des pieds.

Je me suis arrêté un instant à la porte de la cuisine. Je percevais l'écho de la terreur qui nous avait saisis le jour où un bout de saucisse de Strasbourg avait presque étouffé Gio. J'ai ouvert le frigo pour prendre le jus d'orange, et en sont sortis les rires que la nourriture, chez nous, a toujours suscités. Des chaises s'échappaient nos histoires d'enfants. Du salon me parvenait la voix de nos grands-parents. Du sous-sol montaient la mélodie de *Little John*, ma peur que Brune et Scar voient Giovanni et mon soulagement après leur rencontre. Le téléphone me parlait d'Arianna et à présent, dans l'air, je sentais son parfum. Et je ressentais une douleur dans la poitrine. J'étais heureux.

Je suis retourné dans ma chambre pour reprendre le montage. J'ai réglé la bande-son et choisi le titre : *The Simple Interview.*

Quand j'ai à nouveau regardé ma montre, il était 4 heures du matin mais je n'avais pas sommeil : une joie subtile me tenait éveillé. La vidéo était terminée et j'avais l'impression que, vraiment, j'aurais été incapable de faire mieux, et que si je m'y étais remis, j'aurais risqué de faire pire. Il ne manquait plus qu'un clic pour la partager sur YouTube.

La voix de Gio m'est arrivée aux oreilles. Je me suis retourné. Il dormait.

Giacomo, Giacomo..., disait sa voix.

C'est toi ?

Bien sûr que c'est moi.

C'était comme cette fois, quand on était enfants, sur le lit, quand la même petite voix avait susurré : *Je comprends tout ce que vous dites, parlez donc de moi, il suffit que vous parliez.*

Qu'est-ce qu'il y a ?

T'inquiète pas.

Je m'inquiète pas.

Quand tu auras besoin d'un peu de courage, je serai toujours à côté de toi, tu le sais, n'est-ce pas ?

J'ai tout le courage qu'il faut. J'en ai pour moi, j'en ai pour toi.

Oui, je le sais.

...

Giovanni...

Quoi ?

Merci.

Il n'a pas répondu. Il a remué les jambes sous les draps et a souri dans son sommeil.

J'ai regardé autour de moi. Notre chambre, ces derniers temps, avait changé : il n'y avait plus mon coin avec les posters des groupes et le sien avec les dinosaures. Il y avait des dinosaures sur ma table de chevet et Anthony Kiedis à côté de son lit. Nos livres étaient mélangés. Il m'avait offert des cartes dinosaure et je lui avais offert des autocollants. Parmi les CD, il y avait plein de contes enregistrés.

Mon regard est tombé sur une photo fixée sur le panneau, une vieille photo de famille avec papa, maman, Alice, Chiara et moi. À côté de nous, il y avait un bonhomme stylisé avec une tête ronde, un sourire d'une oreille à l'autre. Sur son dos, une cape de super-héros. Douze ans s'étaient écoulés depuis que je l'avais dessinée.

J'ai pris un feutre dans le pot sur le bureau et j'ai dessiné le sourire du bonhomme sur nos visages : ceux de mes sœurs, de mes parents, le mien.

Maintenant, je pouvais envoyer notre vidéo.

Quelques jours plus tard, on ne s'y attendait pas, *The Simple Interview* avait été vu par beaucoup de monde, énormément de monde, et même hors d'Italie. Puis le visage de Giovanni s'est retrouvé en première page des journaux. Mais ça, au fond, ça ne m'a pas étonné, ça arrive tout le temps avec les super-héros.

Remerciements

Avant tout, du fond de mon cœur, de mes tripes et de mon cerveau, merci à Fabio Geda d'avoir été mon tuteur en m'accompagnant socratiquement dans la quête de l'art, du style et des mots pour raconter cette histoire. Sans lui, le tableau serait resté un dessin préparatoire, manqueraient la couleur, les nuances et les jeux de lumière qu'il a sagement su saisir. En particulier, merci de m'avoir révélé le mot « exergue », mot aujourd'hui presque disparu mais fondamental pour la compréhension du monde et des histoires humaines quotidiennes. À présent, Fabio est surtout un de mes amis.

Merci aussi à Francesco Colombo, mon éditeur, qui m'a appris qu'il y a un monde incroyable dans chaque personne et que même si je n'avais pas volé (je ne considère pas comme des vols les petits larcins de vêtements oubliés au lycée) ni commis d'homicide, même si mon histoire était simple, elle avait pourtant quelque chose d'unique. Tout au long de l'année, au téléphone, Francesco commençait toujours par des questions sur le lycée, sur le temps à Castelfranco, ou bien il parlait de choses et d'autres, et au moment où je commençais à me détendre, il interrompait brusquement la conversation et me demandait : « T'en es où, de ton livre ? » Alors, je me retrouvais coincé. Ceci ne m'a cependant pas empêché d'inventer chaque fois une excuse « crédible » au retard : comme tous les lycéens, je suis bien entraîné à la justification. Francesco aussi, à présent, est un ami.

Je remercie mes parents, d'abord pour avoir engendré le véritable héros de ces pages, Gio, et l'avoir rassuré sur le fait que, même si le livre ne se vendait pas à des millions d'exemplaires et ne compensait donc pas les dégâts économiques commis pendant les treize premières années de son existence, ce ne serait pas un problème. Ils continueraient à l'aimer tout autant. Si je devais formuler des remerciements pour tout ce qu'ils m'ont donné, en plus de mon petit frère, le livre que vous avez lu n'en serait, tout au plus, que l'introduction.

Je tiens ensuite à souligner l'importance que mes amis ont eue, et ont toujours, dans ma vie et celle de mon frère. Je m'excuse auprès de ceux que je n'ai pas pu citer. Sans le soutien de toutes les personnes qui nous aiment, je n'aurais jamais trouvé la force de m'exposer d'abord avec une vidéo puis avec un livre. Je ne fais pas de liste parce que, étourdi comme je suis, j'oublierais quelqu'un et j'aggraverais encore la situation. Dans tous les cas, celui qui en lisant ces lignes se reconnaîtrait d'une façon quelconque et ressentirait une légère pression sur la partie supérieure du poumon gauche peut ajouter son nom au stylo au bas de la page.

Je veux, en outre, rappeler les personnes qui ont été, sont et seront proches de Gio : les professeurs, les copains de classe et tous ceux qui se sont laissés incendier par sa flamme et ont eu la délicatesse de le protéger dans les moments de pluie. C'est aussi grâce à eux que Giovanni est ce qu'il est.

Gio, en revanche, je ne le remercie pas, j'ai déjà assez parlé de lui dans ce livre et il est temps que je commence à penser à autre chose, à une copine par exemple, aux études supérieures, aux concerts, aux fêtes, et carrément à un travail parce que je ne crois pas que je vais pouvoir survivre encore longtemps avec des frites et du Coca, comme le voudrait mon frère. Mais, à sa demande, je place ci-dessous le dessin d'un dinosaure, d'un T-rex plus précisément, en espérant qu'un jour cela puisse aussi le convaincre de lire ce livre. Gio m'a expliqué qu'il s'agit d'un très rare exemplaire, unique en son genre je crois, de T-rex herbivore. Je le dis pour ceux qui ne le déduiraient pas du dessin.

Au fond, il n'existe pas de livre sur les dinosaures sans image de dinosaure.

Crédits

Les vers des pages 72-73 sont extraits de la chanson *Slow Cheetah*, interprétée par les Red Hot Chili Peppers, tirée de l'album *Stadium Arcadium*, 2006. Paroles et musique de Michael Balzary, John Frusciante, Anthony Kiedis, Chad Smith.

Les vers des pages 111 et 113 sont extraits de la chanson *Scar Tissue*, interprétée par les Red Hot Chili Peppers, tirée de l'album *Californication*, 1999. Paroles et musique de Michael Balzary, John Frusciante, Anthony Kiedis, Chad Smith.

L'illustration de la page 185 est de Marlyse Baumgartner.

Table des matières